U0506446

中国古代名著全本译注丛书

浮生六记

译注

[清]沈复 著

金文男 译注

图书在版编目(CIP)数据

浮生六记译注／（清）沈复著；金文男译注. —上海：上海古籍出版社，2020.8
（中国古代名著全本译注丛书）
ISBN 978－7－5325－9713－0

Ⅰ.①浮… Ⅱ.①沈… ②金… Ⅲ.①古典散文－散文集－中国－清代②《浮生六记》－译文③《浮生六记》－注释 Ⅳ.①I264.9

中国版本图书馆 CIP 数据核字（2020）第 145897 号

中国古代名著全本译注丛书

浮生六记译注

[清] 沈 复 著

金文男 译注

上海古籍出版社出版发行

（上海瑞金二路 272 号 邮政编码 200020）

（1）网址：www.guji.com.cn
（2）E-mail：guji1@guji.com.cn
（3）易文网网址：www.ewen.co

江阴金马印刷有限公司印刷

开本 890×1240 1/32 印张 5.5 插页 5 字数 200,000
2020 年 8 月第 1 版 2020 年 8 月第 1 次印刷
印数：1—5,100

ISBN 978－7－5325－9713－0

Ⅰ·3502 定价：30.00 元

如有质量问题,请与承印公司联系

前　言

　　40 年代时，曾经买到《雁来红丛报》，体裁相当于后来的期刊。铅印，32 开本，封面有"丙午四月"字样，即光绪三十二年（1906），其中第四册刊有沈复（1763—?）的《浮生六记》（最早刊《六记》的为《申报馆丛书》），所收只到卷三《坎坷记愁》，尚少《浪游记快》，则当时所收的《雁来红丛报》也并非全璧。

　　沈复字三白，江苏苏州人。年轻时秉承父业，以游幕经商为生，后偕妻离家别居，妻子客死扬州。沈复 46 岁时，作《浮生六记》前四记。

　　此书起先并未被重视，经俞平伯、林语堂先后评介后，才露头角。俞氏还说了几句很警辟的话：在旧时聚族而居的大家庭中，"于是婚姻等于性交，不知别有恋爱，卑污的生活便是残害美感之三因"。林氏则在文学的评论上时出偏锋，他称赞沈三白妻陈芸是"中国文学中最可爱的女人"，他把自己的感情投入得太多了，几乎把她看作一位善于交际的洋场中大家闺秀、沙龙主妇，"她只是在我们朋友家中有时遇见有风韵的丽人，因其与夫伉俪情笃，令人尽绝倾慕之念。我们只觉得有这样的女人是一件可喜的事，只愿认她是朋友之妻，可以出入其家，可以不邀自来和她夫妇吃中饭，或者当她与丈夫促膝畅谈文学乳腐卤瓜之时，你打瞌睡，她可以来放一条毛毯把你的脚腿盖上。也许古今各代都有这种女人，不过在芸身上，我们似乎看见这样贤达的美德特别齐全，一生中不可多得"（《浮生六记》英译自序）。这是受过"五四"洗礼、喝过洋墨水的林先生笔下塑造的陈芸，并不是沈三白笔下的陈芸，更不是乾隆大帝统治下的陈芸。如果陈芸果真像林先生所想象的那样，她临终时也不会说出忏悔性的话。林先生把陈芸包装得太时髦了。

在陈芸那个时代，她确实是一个性格鲜明、思想高超，有她自己的审美能力，并且敢于摆脱世俗习气的女人。她对翁姑原是小心谨慎，唯恐得罪，如《闺房记乐》云："芸作新妇，初甚缄默，终日无怒容，与之言，微笑而已。事上以敬，处下以和，井井然未尝稍失。每见朝暾上窗，即披衣急起，如有人呼促者然……恐堂上道新娘懒惰耳。"所以上下之间，起先是和睦的，后来却失和了。一度被三白之父斥逐，居于鲁家的萧爽楼。

大家庭的弊害尽人皆知，必须步步为营，不能左顾右盼，小夫妻的恩爱未必象征幸福，往往成为遭忌之由。陈芸本人在人事的处理上，也有失当之处，细观全书自明。为三白纳妾一举更是庸人自扰，后人未必会觉得她大方宽容。沈陈结合，有其感情基础，三白又非富豪，一般的妓女知道什么才情风雅呢？最后，憨园为有力者夺去，引起陈芸的"血疾大发"，终于病死他乡，几至难以成殓。

沈书的文字清新真率，无雕琢藻饰，但在清人小品中亦非第一流，情节则伉俪情深，至死不变，始于欢乐，终于忧患，漂零异乡，悲能动人。但此书在30年代所以名噪一时，主要是林语堂的力量，林氏又将此书译成英文，更是天下闻名，后来话剧团还曾改编演出。

下面还要说一说《六记》的后二卷问题。

此书名为《六记》，传世的只有四记，尚缺《中山（指琉球）记历》与《养生记道》。林语堂还说过这样的话："我在猜想，在苏州家藏或旧书铺一定还有一全本，倘有这福分，或可给我们发现。"其实这话也是姑妄言之而已。

不想到了1936年，世界书局出版的"美化文学名著丛刊"中忽收有足本，当真凑成了"六记"，而第六记却改为不伦不类的"养生记道"。

世界本前有赵苕狂的考证文，末云：同乡王均卿（文濡）先生，是一位笃学好古的君子，最近，"无意中忽给他在冷摊上得到了《浮生六记》的一个钞本，一翻阅其内容，竟是首尾俱全，连得久已佚去的五、六两卷，也都赫然在内"。接下去却这样说："至于这个本子，究竟靠得住靠不住？是不是和沈三白的原本相同？我因为没有得到其他的证据，不敢怎样的武断得！但我相信王均卿先生是一位诚实君子，至少在他这一方面，大概不致有所作伪的吧？"这明明是在承认此"足本"来历不可靠，却又闪烁其词。杨引传的序文中说得之于冷摊，这是真冷摊，王文濡的冷摊是假冷摊。

《六记》在30年代时，声价已很高，王文濡得到的若是真本，他一定会将收藏经过、版本样式写成专文的，现在却不着一字，只凭赵苕狂的三言两语，只凭所谓"诚实君子"一句话来取信于人，人们怎么能够轻信呢？

这里且举伪作的"养生记逍"一段："同是一人，同处一样之境，甲却能战胜劣境，乙反为劣境所征服。能战胜劣境之人，视劣境所征服之人，较为快乐，所以不必歆羡他人之福，怨恨自己之命。"这不正是民国时期报纸上常见的那种浅近文言的笔调么？乾隆时代的文人，怎会有这种语言模式？

其他作伪证据多得很，学术界也已认定是伪书，只是这两卷真稿的缺失，却是很可惜的。

以上是父亲金性尧为上海古籍出版社"明清小品丛刊"《浮生六记（外三种）》所作前言的一部分，写作时间为1999年初，当时父亲83岁；耄耋之年的父亲对我所作的全书注释通审一过，改正了许多讹误，还补注了不少我当时还难以完注的典故之类，且对我所撰的前言，觉得"太嫩太浅"，于是在他精神稍好的日子，勉力提笔撰就了以上前言，言简意赅地指明了书中女主角的性格特点、史实考证，以及之所以在文学史上崭露头角的原因，有一定的学术性，父亲后来把该文收入最后一本自编文集《闭关录》中。

时光荏苒，一晃二十年过去了，这个注释本也日益获得了学界和社会的认可，多年来不断地重印。今次应上海古籍出版社之约，将此书列入"中国古代名著全本译注丛书"，据丛书要求增补注释，并加以白话文翻译，以求更加适应现在读者的阅读需求。

鉴于此，我在翻译时，尽量做到对于原文的"信达雅"，尤其是本书作者沈三白的文字本身就颇为清新真率，兼之因是对自己一生缱绻爱情悲剧的回顾，有很多表达情感的语气词，因此我也尽可能地在白话翻译中"同声"表述，以保持原文的风味情调，同时也想略显作为女性译者的文字个性，希望读者，尤其是年轻的女性读者朋友喜欢；但由于本人才疏学浅，失译之处，也恳请方家及读者不吝指正。

当年与父亲合作的注释本，是以民国二十四年（1935）世界书局"美化文学名著丛刊"本《浮生六记》前四卷为底本，对原刻本中的明显错字径改不出校。今仍以之为底本，又依据民国十三年（1924）霜枫社俞平伯点校本作了校勘，择优而从，改正了极个别注释本中遗留的错讹。

感谢责编闵捷女史精心审阅，仔细推敲，为本书的可借鉴版本及译文的"信达雅"提出了很多宝贵的意见；二审、三审以及社长都为此书提出了珍贵的建议，谨此由衷致谢！出身于编辑世家的我，以前并不十分体会"为他人作嫁衣裳"的编辑杂家的辛劳，近年来才更为切身体验到编辑对于作者是何等的重要啊！

最后，谨以此译注本的问世出版，告慰于九泉之下的父亲：译文中的不当之处，托梦给我以改正啊！

金文男
2020 年端午前夕

目　录

卷一　闺房记乐

　　余生乾隆癸未冬十一月二十有二日①，正值太平盛世，且在衣冠之家②，居苏州沧浪亭畔③，天之厚我，可谓至矣。东坡云："事如春梦了无痕。"苟不记之笔墨，未免有辜彼苍之厚。因思《关雎》冠《三百篇》之首，故列夫妇于首卷，馀以次递及焉。所愧少年失学，稍识之无④，不过记其实情实事而已。若必考订其文法，是责明于垢鉴矣⑤。

【注释】
　　① 癸未：清乾隆二十八年（1763）。
　　② 衣冠：指衣服和帽子。古代士以上戴冠。　　衣冠之家：指权贵和缙绅之家。
　　③ 沧浪亭：苏州名园之一。本为五代吴越广陵王的花园，后为宋代苏舜钦所得。舜钦在园内筑沧浪亭，后因以亭名园。
　　④ 稍识之无：稍稍识字。
　　⑤ 鉴：指镜子。

【译文】
　　我出生于乾隆二十八年冬十一月廿二日，时逢太平盛世，而且是在官绅之家，居住于苏州沧浪亭畔，苍天之厚待于我，可以说是到了极点。苏东坡有诗云："事如春梦了无痕。"我如不用笔墨把它记载下来，不免有负苍天对我的厚望。因为想到《关雎》是《诗经》三百篇之首篇，所以我也把夫妇之情列于首卷，其馀依次叙及于此。所惭愧的是年少时没好好读书，只是稍通笔墨，不过记下些真情实事而已。如果一定要推敲考订我的文章句法，则好比对着浑浊的镜子，挑剔它不够明洁了。

　　余幼聘金沙于氏①，八龄而夭；娶陈氏。陈名芸，字淑珍，舅氏心馀先生女也。生而颖慧，学语时，口授《琵琶行》，即能成诵。四龄失怙②。母金氏，弟克昌，家徒壁立。芸既长，娴女红，三口仰其十指供给，克昌从师，脩脯无缺③。一日，于书簏中得《琵琶行》④，挨字而认，始识字。刺绣之暇，渐通吟咏，有"秋侵人影瘦，霜染菊花肥"之句。余年十三，随母归宁，两小无嫌，得见所作。虽叹其才思隽秀，窃恐其福泽不深，然心注不能释，告母曰："若为儿择妇，非淑姊不娶。"母亦爱其柔和，即脱金约指缔姻焉。此乾隆乙未七月十六日也⑤。

【注释】
　　① 金沙：今江苏金坛。
　　② 失怙：丧父。
　　③ 脩脯：给老师的教费。
　　④ 书簏(lù)：藏书用的竹箱子。
　　⑤ 乙未：清乾隆四十年(1775)。

【译文】
　　我幼年时家里曾聘金沙的于氏为妻，但她八岁时就夭折了；

后来娶了陈氏。陈氏名芸，字淑真，是舅舅陈心馀先生的女儿。芸天生聪颖明慧，牙牙学语时，教她一遍《琵琶行》，便能背诵。她四岁时父亲去世，只剩下母亲金氏和幼弟克昌，贫穷得家徒四壁。芸稍长大，便娴熟女红，一家三口都依靠她灵巧的十指过生活，弟弟克昌上学拜师，费用也从未短缺。一天，芸在书箱中翻到一本《琵琶行》，挨个字来认，从此便开始识字。做刺绣的馀暇，她渐渐学会吟诗咏词，曾写下"秋侵人影瘦，霜染菊花肥"的诗句。我十三岁那年，随同母亲回娘家探亲，见到芸，两小无猜，还得以见到她的诗作。虽然感叹她才思隽秀，却也私下里担心她福分不够，然而我一往情深，不能释怀，便告诉母亲道："若为儿选妻，非淑姐不娶。"母亲也喜爱她性情柔和，就脱下金戒指为我们定了亲。这天是乾隆四十年七月十六日啊。

　　是年冬，值其堂姊出阁，余又随母往。芸与余同齿而长余十月，自幼姊弟相呼，故仍呼之曰淑姊。时但见满室鲜衣，芸独通体素淡，仅新其鞋而已。见其绣制精巧，询为己作，始知其慧心不仅在笔墨也。其形削肩长项，瘦不露骨，眉弯目秀，顾盼神飞，唯两齿微露，似非佳相。一种缠绵之态，令人之意也消。索观诗稿，有仅一联，或三四句，多未成篇者。询其故，笑曰："无师之作，愿得知己堪师者敲成之耳。"余戏题其签曰"锦囊佳句"，不知夭寿之机此已伏矣[①]。是夜送亲城外，返已漏三下，腹饥索饵，婢妪以枣脯进，余嫌其甜。芸暗牵余袖，随至其室，见藏有暖粥并小菜焉。余欣然举箸，忽闻芸堂兄玉衡呼曰："淑妹速来！"芸急闭门曰："已疲乏，将卧矣。"玉衡挤身而入，见余将吃粥，乃笑睨芸曰："顷我索粥，汝曰'尽矣'，乃藏此专待汝婿耶?"芸大窘避去，上下哗笑之。余亦负气，挈老仆先归。

【注释】

①"余戏题"二句：当用唐代诗人李贺"锦囊佳句"典。相传李贺出行，常背一破古锦囊，途中得佳句即书投囊中，暮归整理成篇。李贺死时，年仅二十七岁。

【译文】

这年冬天，正好是芸的堂姐出嫁，我又随同母亲前往。芸与我同岁但比我大十个月，从小便以姐弟相称，所以我仍然叫她淑姐。当时只见满屋人都穿着鲜丽的衣服，惟独芸一身素淡，只有鞋子是新的。看那鞋子，绣制得十分精巧，问她才知是她自己做的，这才知道她的蕙质兰心不仅仅体现在笔墨文字上。芸削肩长颈，瘦不露骨，弯弯的眉毛，秀丽的眼睛，顾盼之间，神采飞扬，惟有两颗牙齿微微露出，好像不是有福气的样子。芸有一种缠绵的神态，令人失魂落魄。我向她要了诗稿来看，见有的只有一联，有的有三四句，大多都没有成篇。问她原因，她笑着回答："这是无师之作，只是希望遇到能当老师的知己，来推敲完成它罢了。"我给那些诗戏作题签道："锦囊佳句。"却不知这里已经暗藏她后来夭寿的命运了。当晚送亲戚到城外，回来时已是三更，我肚子饿了想找吃的，老仆妇拿来枣脯给我吃，我嫌太甜。芸便暗中拉着我的衣袖，带我走进她的卧室，见她藏有热粥和小菜呢！我高兴地举起筷子正要吃时，忽然听到芸的堂兄玉衡喊道："淑妹快来！"芸急忙关门说："我累了，马上要睡了！"玉衡挤将进来，见我正要吃粥，便斜眼看着芸笑道："刚才我问你要粥吃，你说'吃完了'，原来是藏在这里专门招待你夫婿吗?"芸非常害羞，就躲开去了，全家上下哗然大笑。我也赌气，带着老仆人先回家了。

自吃粥被嘲，再往，芸即避匿，余知其恐贻人笑也。至乾隆庚子正月二十二日花烛之夕①，见瘦怯身材依然如昔，头巾既揭，相视嫣然。合卺后，并肩夜膳，余暗于案下握其腕，暖尖滑腻，胸中不觉怦怦作跳。让之食，适逢斋期②，已数年矣。暗计吃斋之初，正余出痘之期，因笑谓曰："今我光鲜无恙，姊可从此开戒否？"芸笑之以目，点之以首。廿四日为余姊于归，廿三国忌不能作乐③，故廿二之夜即为余姊款嫁，芸出堂陪宴。余在洞房与伴娘对酌，拇战辄北④，大醉而卧；醒则芸正晓妆未竟也。是日亲朋络绎，上灯后始作乐。廿四子正⑤，余作新舅送嫁，丑末归来⑥，业已灯残人静。悄然入室，伴妪盹于床下，芸卸妆尚未卧，高烧银烛，低垂粉颈，不知观何书而出神若此。因抚其肩曰："姊连日辛苦，何犹孜孜不倦耶？"芸忙回首起立曰："顷正欲卧，开橱得此书，不觉阅之忘倦。《西厢》之名闻之熟矣，今始得见，真不愧才子之名⑦，但未免形容尖薄耳。"余笑曰："唯其才子，笔墨方能尖薄。"伴妪在旁促卧，令其闭门先去。遂与比肩调笑，恍同密友重逢，戏探其怀，亦怦怦作跳，因俯其耳曰："姊何心春乃尔耶？"芸回眸微笑，便觉一缕情丝摇人魂魄；拥之入帐，不知东方之既白。

【注释】
① 庚子：乾隆四十五年(1780)。
② 斋期：固定的吃素日。
③ 国忌：皇帝或皇后的丧期。

④ 拇战：搳拳。　北：输。
⑤ 子正：夜里十二点。
⑥ 丑末：凌晨三点。
⑦ 真不愧才子之名：金圣叹以《西厢记》为第六才子书。

【译文】

自从吃粥之事被嘲笑以后，我再次去她家，芸就要躲避藏匿起来，我知道她是怕惹人笑话啊！到了乾隆四十五年正月廿二日我们洞房花烛之夜，我看她的身材依然如往日一样瘦弱单薄，红盖头揭去后，我俩互相注视，嫣然而笑。喝过合卺酒后，我俩并肩而坐，用夜膳。我暗地里在长桌下握她的手腕，只觉暖暖的指尖柔滑而细腻，胸中不觉怦怦直跳。我让她吃菜，她说恰逢吃斋的日期，已有几年了。我暗自计算她开始吃斋的日期，正好是我出水痘的时候，于是我笑对她说："如今我皮肤光洁，没有不适，姐姐可以从此开戒了吗？"芸眼睛里含着笑意，点了点头。廿四日是我姐姐出嫁的日子，廿三日是国忌日不允许奏乐欢娱，所以廿二日晚上就为我姐姐出嫁宴请客人，芸到厅堂陪客人宴饮。我在洞房内与伴娘对酌喝酒，猜拳行令老是输掉，便喝得酩酊大醉，卧倒床上睡着了。一觉醒来，芸正梳理晨妆未完。这天亲朋好友络绎不绝，入夜之后才开始奏乐欢庆。廿四日夜里十二点，我作为新舅子陪送姐姐出嫁，凌晨三点才归来，家里灯火将熄，夜阑人静。我悄悄走进卧室，见随嫁老仆妇在床下打盹，芸已卸妆，尚未睡下。高高的银烛燃得正旺，她低垂粉颈，不知看什么书而如此出神。于是我抚摩着她的肩膀说："姐姐连日来已很辛苦，为什么还孜孜不倦地读书呢？"芸急忙回头起身说："刚才正要睡呢，打开书橱看到此书，不知不觉读得忘了疲倦。《西厢记》的书名听得太熟了，但今天才得以看到，真不愧为才子之书，只是未免描写形容得太轻薄露骨些了。"我笑着说："正因为是才子，笔墨描写才能轻薄露骨。"随嫁老仆妇在旁边催我们睡觉，我让她关门先走。于是我和芸并肩戏耍调笑起来，恍然如同密友重逢，我戏探她的胸怀，感觉到她的心头也在怦怦跳动。于是我俯在她的耳边问："姐姐为什么心跳如春米，快成这样呢？"芸眼波流转，微微一笑，我只觉得一缕情丝荡入心魄，便抱着她进入床帐，不知不觉中，东方已白。

芸作新妇，初甚缄默，终日无怒容，与之言，微笑而已。事上以敬，处下以和，井井然未尝稍失。每见朝暾上窗①，即披衣急起，如有人呼促者然。余笑曰："今非吃粥比矣，何尚畏人嘲耶?"芸曰："曩之藏粥待君，传为话柄②。今非畏嘲，恐堂上道新娘懒惰耳。"余虽恋其卧而德其正，因亦随之早起。自此耳鬓相磨，亲同形影，爱恋之情有不可以言语形容者。而欢娱易过，转睫弥月。

【注释】

① 朝暾(tūn)：此指刚升起的太阳。
② 曩(nǎng)：以前。

【译文】

芸作了新媳妇后，起初很沉默，整天没有什么不开心的样子，与她说话，也只是微笑而已。她侍奉长辈恭敬，对待下人温和，井井有条，没有一点闪失。每天晨曦刚照上窗户，便急忙穿衣起床，好像有人在喊她催她似的。我笑她说："如今已不是当初吃粥时可比了，为什么还怕人笑话呢?"芸说："当初藏粥招待夫君，已经传为笑谈话柄。如今不是怕人笑话，是怕堂上大人说新娘懒惰呢!"我虽然留恋和她多睡一会儿，却也有感于她品行的端正，因此也随她一同早起。自此，我们耳鬓厮磨，亲密得形影不离，爱恋之情无法用语言来形容。然而欢娱时光总是容易飘逝，转眼间新婚就满月了。

时吾父稼夫公在会稽幕府①，专役相迓②，受业于武林赵省斋先生门下③。先生循循善诱，余今日之尚能握管，先生力也。归来完姻时，原订随侍到馆④；闻信之馀，心甚怅然，恐芸之对人堕泪，而芸反强颜劝勉，代整行装，是晚但觉神色稍异而已。临行，向余小语曰："无人调护，自去经心！"及登舟解缆，正当桃李争妍之候，而余则恍同林鸟失群，天地异色。到馆后，吾父即渡江东去。

【注释】

① 会稽：今浙江绍兴。　幕府：原指地方军政官府署，此指幕僚。

② 相迓(yà)：相迎。

③ 武林：杭州别称，因武林山得名。

④ 随侍：跟随侍奉。

【译文】

当时我父亲稼夫公在浙江会稽郡任幕僚，专门派人来接我，让我到杭州赵省斋先生门下学习。赵先生循循善诱，我今天之所以还能提笔作文，全是先生的功劳啊。我归来完婚时，原先说好婚后随先生去学馆里继续侍奉，一方面学习；可当接到催我回馆的信后，心情很是惆怅，担心芸会对人落泪，然而芸却强颜欢笑反来劝勉我，还代我整理行装，当晚，只觉得她神色稍有异常而已。临走时，她对我小声说："出门在外，没人照顾你了，自己要小心在意啊！"等到登船解开缆绳之时，正值桃李竞相开放争艳的季节，而我却精神恍惚，如同林中之鸟失群孤飞，只觉天地失色一片愁惨。到学馆后，我父亲就渡江东去了。

居三月，如十年之隔。芸虽时有书来，必两问一答，半多勉励词，馀皆浮套语，心殊怏怏①。每当风生竹院，月上蕉窗，对景怀人，梦魂颠倒。先生知其情，即致书吾父，出十题而遣余暂归，喜同戍人得赦。登舟后，反觉一刻如年。及抵家，吾母处问安毕，入房，芸起相迎，握手未通片语，而两人魂魄恍恍然化烟成雾，觉耳中惶然一响，不知更有此身矣。时当六月，内室炎蒸，幸居沧浪亭爱莲居西间壁，板桥内一轩临流，名曰"我取"，取"清斯濯缨，浊斯濯足"意也②。檐前老树一株，浓阴覆窗，人面俱绿，隔岸游人往来不绝，此吾父稼夫公垂帘宴客处也。禀命吾母，携芸消夏于此，因暑罢绣，终日伴余课书论古、品月评花而已。芸不善饮，强之可三杯，教以射覆为令③。自以为人间之乐，无过于此矣。

【注释】
　①怏怏(yàng)：闷闷不乐的样子。
　②"清斯濯缨，浊斯濯足"：语出《孟子·离娄》："沧浪之水清兮，可以濯我缨；沧浪之水浊兮，可以濯我足。"此有委命任远，自得其乐之意。
　③射覆：酒令的一种，有如猜谜。设谜称覆者，猜谜称射者，覆者以古诗、旧典为据，说一字，隐寓另一字；射者猜中则胜。

【译文】
　我在学馆住了三个月，感觉恍如相隔十年。芸虽然时常有书信来，但总是我去两封她回一封，而且多半是勉励之辞，其馀都是些浮泛的客套话，我心里特别不高兴。每当清风吹拂竹院，月光映上芭蕉窗之时，我总是对景思念着芸，梦魂颠倒。赵先生知晓其中情由后，立即写信给我父亲，并出了十道文题，让我暂时回家去做，我欣喜若狂，如同守卫边疆的将士得到了赦放令一般。登上船后，反觉得片刻如年。等到了家中，去我母亲处问安完毕，便进了自己房间，芸起身相迎，我俩双手紧握说不出一句话，而两人的魂魄恍然间已化为烟雾，只觉耳中轰然一响，飘飘然不知还有这肉身躯壳了。当时正值六月，房间里炎热，暑气蒸腾，幸好住在沧浪亭爱莲居西间壁，板桥内有一轩面临水流，名叫"我取"，取《孟子》"沧浪之水清兮，可以濯我缨；沧浪之水浊兮，可以濯我足"之意。屋檐前有一株老树，浓密的树荫覆盖了窗户，连人脸都映成绿色的了，隔岸游人往来不绝，这是我父亲稼夫公垂下帘幕宴请客人的地方。我请示了母亲，带芸来这里避暑度夏。因为天气太热，芸停止了刺绣，整天陪我读书论古、品月评花而已。芸不善于喝酒，勉强可喝几杯，我教她行"射覆"酒令。自以为人世间的快乐，没有比这更美好的了。

一日，芸问曰："各种古文，宗何为是?"余曰："《国策》、《南华》取其灵快①，匡衡、刘向取其雅健②，史迁、班固取其博大③，昌黎取其浑④，柳州取其峭⑤，庐陵取其宕⑥，三苏取其辩⑦。他若贾、董策对⑧，庾、徐骈体⑨，陆贽奏议⑩，取资者不能尽举，在人之慧心领会耳。"芸曰："古文全在识高气雄，女子学之恐难入彀⑪。唯诗之一道，妾稍有领悟耳。"余曰："唐以诗取士，而诗之宗匠必推李、杜。卿爱宗何人?"芸发议曰："杜诗锤炼精纯，李诗潇洒落拓；与其学杜之森严，不如学李之活泼。"余曰："工部为诗家之大成，学者多宗之，卿独取李，何也?"芸曰："格律谨严，词旨老当，诚杜所独擅；但李诗宛如姑射仙子⑫，有一种落花流水之趣，令人可爱。非杜亚于李，不过妾之私心宗杜心浅，爱李心深。"余笑曰："初不料陈淑珍乃李青莲知己。"芸笑曰："妾尚有启蒙师白乐天先生⑬，时感于怀未尝稍释。"余曰："何谓也?"芸曰："彼非作《琵琶行》者耶?"余笑曰："异哉！李太白是知己，白乐天是启蒙师，余适字三白，为卿婿，卿与'白'字何其有缘耶?"芸笑曰："白字有缘，将来恐白字连篇耳。"（吴音呼别字为白字）。相与大笑。余曰："卿既知诗，亦当知赋之弃取。"芸曰："《楚辞》为赋之祖，妾学浅费解。就汉、晋人中调高语炼，似觉相如为最⑭。"余戏曰："当日文君之从长卿⑮，或不在琴而在此乎?"复相与大笑而罢。

【注释】

①《国策》：《战国策》。　《南华》：《南华经》，指《庄子》。

②匡衡：西汉经学家，能文学，善说《诗》。　刘向：西汉经学家、目录学家、文学家。

③史迁：指司马迁，西汉史学家、文学家，著《史记》。　班固：东汉史学家、文学家，修《汉书》。

④昌黎：指韩愈，唐代著名文学家，河南河阳人，昌黎是郡望，世称韩昌黎。

⑤柳州：指柳宗元，唐代著名文学家，河东解人，因贬官柳州而卒，世称柳柳州。

⑥庐陵：指欧阳修，宋代著名文学家，庐陵人。

⑦三苏：指苏洵及其子苏轼、苏辙，皆为宋代著名文学家。

⑧贾：贾谊，西汉政论家、文学家。　董：董仲舒，西汉儒学大师。

⑨庾：庾信，南朝文学家。　徐：徐陵，南朝文学家，与庾信齐名，时称徐庾体。

⑩陆贽：唐大历进士，德宗召为翰林学士，曾作奏议数十篇。

⑪入彀（gòu）：入神。

⑫姑射仙子：《庄子·逍遥游》中的仙女。

⑬ 白乐天：即白居易，字乐天，晚年号香山居士，唐代著名诗人。

⑭ 相如：司马相如，字长卿，西汉辞赋家。

⑮ 文君之从长卿：文君，卓文君，西汉临邛富商卓王孙之女，相传她为司马相如(字长卿)琴声所动，两人相爱而私奔。

【译文】

　　一天，芸问我道："各种古文，尊崇哪一家为好？"我说："《战国策》、《庄子》可以吸取其中的轻灵明快，匡衡、刘向可以吸取他们的风雅雄健，司马迁、班固可以吸取他们的学识广博，韩愈可以吸取他的浑然，柳宗元可以吸取他的峭拔，欧阳修可以吸取他的跌宕，三苏父子可以吸取他们的雄辩。其他像贾谊、董仲舒的策论对答，庾信和徐陵的骈体，陆贽的奏议，值得吸取借鉴的不可能全部列举，全在于人的慧心去心领神会罢了。"芸说："古文要处，全在于见识高远，气度雄健，女子学它恐怕难以领会入神。唯有诗歌这一门，我倒略有些领悟呢！"我说："唐代以诗歌选拔人才，而尊崇的诗歌大家必定是李白、杜甫。你喜爱推崇哪一位呢？"芸发议论道："杜甫的诗锤炼精纯，李白的诗潇洒落拓；与其学习杜甫的森严，不如学习李白的活泼。"我说："杜工部为诗家之集大成者，学诗的人大多尊崇他。而你惟独喜欢李白，这是为什么呢？"芸说："论格律严谨、词旨老练精当，确实为杜甫独家擅长；但李白的诗就好像'姑射仙子'那样，有一种落花流水的仙趣，令人喜爱。并非杜甫不如李白，不过是我心底崇拜杜甫稍浅，喜爱李白更深罢了！"我笑着说："完全没料到陈淑珍还是李青莲的知己呢！"芸笑着说："我还有个启蒙老师白乐天先生，我时常记在心里，从未把他忘记。"我说："为什么这么说呢？"芸说："他不就是写《琵琶行》的诗人吗？"我笑着说："这倒奇了，李太白是你的知己，白乐天是你的启蒙老师，我又恰好字'三白'，是你的夫婿，你与'白'字为何这么有缘分呢？"芸笑着说："与'白'字有缘，将来恐怕会'白'字连篇呢！"（吴语里把"别字"读作"白字"。）我们一起大笑起来。我说："你既然懂诗，也应当知道赋的取舍吧！"芸说："《楚辞》为赋的始祖，我才疏学浅，很难理解。就汉、晋人的赋来说，其中格调高妙、语言精炼的，似以司马相如为第一。"我开玩笑说："当初卓文君之所以与司马相如私奔，恐怕不是因为他的琴曲《凤求凰》，而是被他的赋吸引了吧！"我们又相对大笑方休。

　　余性爽直，落拓不羁，芸若腐儒，迂拘多礼，偶为披衣整袖，必连声道："得罪！"或递巾授扇，必起身来接。余始厌之，曰："卿欲以礼缚我耶？语曰：'礼多必诈。'"芸两颊发赤，曰："恭而有礼，何反言诈？"余曰："恭敬在心，不在虚文。"芸曰："至亲莫如父母，可内敬在心而外肆狂放耶？"余曰："前言戏之耳。"芸曰："世间反目多由戏起，后勿冤妾令人郁死！"余乃挽之入怀，抚慰之，始解颜为笑。自此"岂敢""得罪"竟成语助词矣。鸿案相庄廿有三年①，年愈久而情愈密。家庭之内，或暗室相逢，窄途邂逅，必握手问曰："何处去？"私心忐忑，如恐旁人见之者。实则同行并坐，初犹避人，久则不以为意。芸或与人坐谈，见余至，必起立偏挪其身，余就而并焉。彼此皆不觉其所以然者，始以为惭，继成不期然而然。独怪老年夫妇相视如仇者，不知何意？或曰："非如是，焉得白头偕老哉！"斯言诚然欤？

【注释】
　　① 鸿案相庄：谓夫妻之间相敬相爱。相传东汉梁鸿隐居避难时，每次回家吃饭，其妻孟光都要将食案举到齐眉处，以示恭敬。

【译文】

我性格爽直，放浪不羁，而芸则像老学究一样，迂腐拘束多礼，我偶尔为她披衣整袖，她必连声道："得罪，得罪！"有时为她递送手巾扇子，必起身来接。我开始烦她这点，说："你要用礼数来束缚我吗？常言道：'礼多必诈。'"芸两颊发红，说："我对你恭敬有礼，为什么反说有诈？"我说："恭敬在于内心，不在于虚文浮礼。"芸说："最亲莫过于父母，难道对他们也可以内心恭敬，而外在却放肆任性吗？"我忙道："刚才说的话，都是开玩笑呢！"芸说："世间反目大多因开玩笑而起，以后请不要冤枉我，让人郁闷而死呢！"于是我将她搂在怀里，抚慰她，这才破颜为笑。从此以后，"岂敢""得罪"，竟然成为我们的口头禅了。我们像梁鸿、孟光那样夫妻恩爱，举案齐眉二十三年，时间越长而感情越亲密。在家中，或暗室相逢，或窄路遇到，都要握手相问："去哪儿？"内心爱得太缠绵，好像总怕被人看到似的。实际上同行并坐，起初还有些避人，时间久了便不以为意了。芸有时与人坐着说话，见我到来，必然站起偏挪身子，我则紧挨着她并排坐下。彼此都没意识到这样做的原因，一开始还有些害羞，继而就成为自然而然的举动了。我唯独奇怪，有些老年夫妇互相视如仇人，不知为什么会这样？有人说："不这样，怎么能白头偕老呢！"此话真的有道理吗？

是年七夕，芸设香烛瓜果，同拜天孙于我取轩中[①]。余镌"愿生生世世为夫妇"图章二方，余执朱文，芸执白文，以为往来书信之用。是夜月色颇佳，俯视河中，波光如练，轻罗小扇，并坐水窗，仰见飞云过天，变态万状。芸曰："宇宙之大，同此一月，不知今日世间，亦有如我两人之情兴否？"余曰："纳凉玩月，到处有之。若品论云霞，或求之幽闺绣闼，慧心默证者固亦不少；若夫妇同观，所品论者恐不在此云霞耳。"
未几烛烬月沉，撤果归卧。

【注释】

① 天孙：织女星，相传织女是天帝的孙女。旧时女子在七夕之夜拜
织女，有乞巧之意。

【译文】

这年七夕节，芸摆设了香烛瓜果，和我一起在"我取轩"中
拜织女星。我镌刻了"愿生生世世为夫妇"印章两枚，我拿朱文
阳字，芸拿白文阴字，作为以后往来书信所用。当夜月色极好，
俯视河中，波光粼粼如白色练带，我俩轻摇罗纨小扇，并坐在临
水窗口，仰头看飞云过天，变幻万端。芸说："天下之大，共享这
一轮月亮，不知今日世间，是否也有像我俩这样闲情雅兴的人？"
我说："纳凉赏月的人到处都有。如果是品评谈论云霞，在深闺绣
楼里探求，以慧心默默领悟的人固然不少；但若是夫妻共同观赏，
所品评赏玩的恐怕就不在此云霞了！"不久，香烛燃尽，明月西
沉，我俩撤了瓜果，回房安歇去了。

七月望①，俗谓之鬼节。芸备小酌拟邀月畅饮，夜
忽阴云如晦。芸愀然曰②："妾能与君白头偕老，月轮
当出。"余亦索然。但见隔岸萤光明灭万点，梳织于柳
堤蓼渚间③。余与芸联句以遣闷怀，而两韵之后，逾联
逾纵，想入非夷，随口乱道。芸已漱涎涕泪，笑倒余
怀，不能成声矣。觉其鬓边茉莉浓香扑鼻，因拍其背，
以他词解之曰："想古人以茉莉形色如珠，故供助妆压
鬓，不知此花必沾油头粉面之气，其香更可爱。所供佛

手，当退三舍矣。"芸乃止笑曰："佛手乃香中君子，只在有意无意间；茉莉是香中小人，故须借人之势，其香也如胁肩谄笑④。"余曰："卿何远君子而近小人？"芸曰："我笑君子爱小人耳。"正话间，漏已三滴，渐见风扫云开，一轮涌出，乃大喜。倚窗对酌，酒未三杯，忽闻桥下哄然一声，如有人堕，就窗细瞩，波明如镜，不见一物，惟闻河滩有只鸭急奔声。余知沧浪亭畔素有溺鬼，恐芸胆怯，未敢即言。芸曰："噫！此声也，胡为乎来哉？"不禁毛骨皆栗，急闭窗，携酒归房。一灯如豆，罗帐低垂，弓影杯蛇⑤，惊神未定。剔灯入帐，芸已寒热大作，余亦继之，困顿两旬，真所谓乐极灾生，亦是白头不终之兆。

【注释】

① 七月望：七月十五日，旧时称中元节。望，农历十五为望。
② 愀（qiǎo）然：忧愁伤心的样子。
③ 蓼（liǎo）：水草。　渚：小洲。水中小块陆地。
④ 胁肩谄笑：耸起肩膀，装出笑脸。形容极力谄媚讨好的样子。
⑤ 弓影杯蛇：亦作"杯弓蛇影"。相传有人在喝酒时，挂在墙上的弓影映入酒杯，便疑心是蛇，并因此生病。后因以形容疑神疑鬼，盲目惊慌。

【译文】

七月十五日，民间称作"鬼节"。芸备了些小酌用的酒菜，打算对月畅饮。夜晚，忽然阴云密布，一片昏暗，芸愁着脸说："我若能与夫君白头偕老，月轮应当出来啊！"我也十分落寞。只见隔岸萤火忽明忽灭，星星点点，穿梭于柳堤与水蓼小洲之间。我便与芸联句来排遣郁闷的心情，联过两韵之后，越联越恣意放纵，竟然想得离奇玄妙，随口乱说起来。芸已笑得眼泪直流，倒在我的怀里，说不出话来了。我觉得她鬓角茉莉花浓香扑鼻，于是拍着她的背，岔开话题开解说："想古人因茉莉的形状色彩如同珍珠，所以拿来插在鬓边点缀妆容，却不知此花必要沾上油头粉面的气息，那香味才更可爱，连盘里供的佛手，都要退避三舍啊！"芸于是停住笑说："佛手是香中君子，香味只在有意无意之间挥发；茉莉是香中小人，须借他人之势才能挥发，这香味也好似耸起肩膀满脸谄笑一般了。"我问："那你为什么头戴茉莉，疏远君子而亲近小人呢？"芸说："我是笑夫君爱我这样的小人呀！"正说话间，已到三更天了，渐渐望见风将云拨开，一轮明月涌出云海，我俩大喜过望。倚窗对饮，酒还没过三杯，忽听桥下哄然一声，好像有人落水，倚着窗边仔细一看，水波明亮，平静如镜，什么都没看见，只听到河滩有只鸭子急奔的声音。我知道沧浪亭畔素来有溺死鬼的传说，担心芸胆怯害怕，没敢立即告诉她。芸问："噫！这声音，怎么来的呢？"我俩头发身体都不禁颤栗起来，急忙关窗，带着酒回了房间。房内一盏灯火小如豆粒，罗帐低垂，杯弓蛇影，惊魂未定。灭灯入帐睡下，芸已经高热发作，我也跟着发热，昏沉迷糊了二十来天，真可谓乐极生悲，也是我俩不能白头偕老的前兆！

中秋日，余病初愈，以芸半年新妇，未尝一至间壁之沧浪亭，先令老仆约守者勿放闲人。于将晚时，偕芸及余幼妹，一妪一婢扶焉。老仆前导，过石桥，进门，折东曲径而入，叠石成山，林木葱翠。亭在土山之巅，循级至亭心，周望极目可数里，炊烟四起，晚霞烂然。隔岸名"近山林"，为大宪行台宴集之地[①]，时正谊书院犹未启也[②]。携一毯设亭中，席地环坐，守者烹茶以进。少焉，一轮明月已上林梢，渐觉风生袖底，月到波心，俗虑尘怀，爽然顿释。芸曰："今日之游乐矣！若驾一叶扁舟，往来亭下，不更快哉!"时已上灯，忆及七月十五夜之惊，相扶下亭而归。吴俗，妇女是晚不拘大家小户皆出，结队而游，名曰"走月亮"。沧浪亭幽雅清旷，反无一人至者。

【注释】

① 大宪行台：巡抚出巡时的驻所。

② 正谊书院：清嘉庆十年(1805)创立，位于沧浪亭后可园内。

【译文】

中秋节那天，我病刚好，想着芸做新娘已有半年，还从没去过隔壁的沧浪亭，于是先让老仆和守门人说定，别放闲人进去。天快黑时，我带着芸和我小妹，由一位老女仆和一名丫鬟搀扶着入园。老仆在前面带路，过了石桥，进门，往东转弯，沿着曲径而入，只见叠石成山，林木葱绿。"沧浪亭"在土山顶上，沿着台阶到亭中心，举目四望，最远处可达数里，炊烟四起，晚霞灿烂。隔岸名叫"近山林"的，是巡抚出巡时集会宴饮的地方，当时正谊书院还未成立呢。我们随身带着毯子，铺在沧浪亭中央，围成一圈席地而坐，守门人端来刚煮的热茶。不一会儿，一轮明月挂上树梢，渐渐觉得两袖生风，月亮映在水中央，尘世中的忧虑烦恼，顿然消释。芸说："今天游园，多么快活啊！假如能划一条小船，往来于亭下，岂不更快活吗？"然而这时已是掌灯时分，回忆起七月十五那晚的惊吓，就互相搀扶着走下亭子回家了。按吴地风俗，妇女在这一晚，不论大家小户都要出门，结队游玩，俗称"走月亮"。而沧浪亭边幽雅清旷，反倒没有一人来游。

吾父稼夫公喜认义子，以故余异姓弟兄有二十六人；吾母亦有义女九人。九人中王二姑、俞六姑与芸最和好。王痴憨善饮，俞豪爽善谈。每集，必逐余居外，而得三女同榻：此俞六姑一人计也。余笑曰："俟妹于归后，我当邀妹丈来，一住必十日。"俞曰："我亦来此，与嫂同榻，不大妙耶？"芸与王微笑而已。时为吾弟启堂娶妇，迁居饮马桥之仓米巷，屋虽宏畅，非复沧浪亭之幽雅矣。吾母诞辰演剧，芸初以为奇观。吾父素无忌讳，点演《惨别》等剧①，老伶刻画，见者情动。余窥帘见芸忽起去，良久不出，入内探之。俞与王亦继至。见芸一人支颐独坐镜奁之侧。余曰："何不快乃尔？"芸曰："观剧原以陶情，今日之戏，徒令人肠断耳。"俞与王皆笑之。余曰："此深于情者也。"俞曰："嫂将竟日独坐于此耶？"芸曰："俟有可观者再往耳。"王闻言先出，请吾母点《刺梁》、《后索》等剧②，劝芸出观，始称快。

【注释】

　　①《惨别》：演明初建文帝因城破出走故事，亦作《惨睹》，为清代戏曲家李玉所作传奇《千忠戮》中的一出。

　　②《刺梁》：为清代戏曲家朱佐朝所作传奇《渔家乐》中的一出。《后索》：为清代戏曲家姚子懿所作传奇《后寻亲记》中的一出。

【译文】

　　我父亲稼夫公喜欢认养义子，所以我的异姓弟兄有二十六人；我母亲也有义女九人。九人中王二姑、俞六姑与芸最要好。王二姑憨厚好酒，俞六姑豪爽健谈。每次聚会，必然把我赶出来住在外间，她们三个女子便可同床而眠：这都是俞六姑一人出的主意。

我笑着说："等妹妹出嫁后，我定邀请妹夫来，一住必是十天！"俞六姑说："那我也来此，与嫂子同睡，不是很妙吗？"芸与王二姑只是微笑罢了。当时，为了给我弟弟启堂娶妻，我们搬去了饮马桥的仓米巷，房屋虽然高大宽敞，却不再有沧浪亭的幽静雅致了。我母亲做寿，请人在家演戏，芸开始以为是稀罕事，就来观看。我父亲向来没有忌讳，点演了《惨别》等戏，老伶人的扮演非常精彩，观者都不由地动情。我从帘幕里偷偷看芸，只见芸忽然起身离去，很久都没出来，我进房去探望她，俞六姑、王二姑也跟了进来，只见芸用手支着下巴，独坐在梳妆镜边。我问她："为什么这样不高兴呢？"芸说："看戏原本是为了陶冶性情，可今天的戏，只白白让人悲伤断肠罢了！"俞六姑、王二姑都笑她。我说："这是用情太深的缘故啊！"俞六姑问："嫂嫂您准备一整天都独坐在这里吗？"芸说："等有我爱看的戏再去吧！"王二姑听了便先出去，请我母亲点了《刺梁》《后索》等戏，又劝芸出去看戏，她这才高兴起来。

余堂伯父素存公早亡，无后，吾父以余嗣焉①。墓在西跨塘福寿山祖茔之侧，每年春日必挈芸拜扫。王二姑闻其地有戈园之胜，请同往。芸见地下小乱石有苔纹，斑驳可观，指示余曰："以此叠盆山，较宣州白石为古致②。"余曰："若此者恐难多得。"王曰："嫂果爱此，我为拾之。"即向守坟者借麻袋一，鹤步而拾之。每得一块，余曰"善"，即收之；余曰"否"，即去之。未几，粉汗盈盈，拽袋返曰："再拾则力不胜矣。"芸且拣且言曰："我闻山果收获，必借猴力，果然！"王愤撮十指作哈痒状，余横阻之，责芸曰："人劳汝逸，犹作此语，无怪妹之动愤也。"归途游戈园，稚绿娇红，争妍竞媚。王素憨，逢花必折。芸叱曰："既无瓶养，又不簪戴，多折何为！"王曰："不知痛痒者何害？"余笑曰："将来罚嫁麻面多须郎，为花泄忿。"王怒余以目，掷花于地，以莲钩拨入池中③，曰："何欺侮我之甚也！"芸笑解之而罢。

【注释】

① 嗣：过继。

② 宣州：今安徽宣城。

③ 莲钩：指旧时妇女的小脚。

【译文】

　　我的堂伯父素存公去世得早，没有后代，我父亲就把我过继给他了。他的墓在西跨塘福寿山祖坟旁，每年春天，我都会带着芸去祭拜扫墓。王二姑听说那里有个戈园景致很好，便要求一同前往。芸看见地上的小乱石上有苔纹，斑驳陆离很是好看，就指给我看，说："用这个来堆叠盆景假山，比宣州白石的更为古雅别致。"我说："像这样的石头，恐怕难以找到很多。"王二妹说："嫂嫂若真喜爱这些石头，我来帮你捡吧！"说着就向守坟人借了一个麻袋，迈开鹤步到处捡拾。每捡得一块，我说"好"，便收进袋子；我说"不行"，就丢掉。没多久，王二姑便粉汗淋漓，拖着麻袋回来说："再捡下去可就没有力气了啊。"芸边挑拣边说："我听说收获山中果实时，必须借助猴子的力量，果然如此！"王二姑气得搓起十指，要呵芸的痒，我急忙横在中间阻挡开了，责备芸说："人家辛苦帮你捡石头，你舒服地待着，还要说这样的话，难怪妹妹会生气呀！"回来的路上游览了戈园，园内嫩绿娇红，百花争妍斗艳。王二姑素来天真，见花就采。芸斥责她道："既没有花瓶插养，又不作花簪戴着，摘这么多干什么！"王二姑说："花又不知道痛痒，有什么关系呢？"我笑着说："将来老天惩罚你嫁一个麻子脸大胡子的郎君，替花出一口怨气！"王二姑气鼓鼓地瞪了我一眼，把花扔在地上，用小脚踢入水池中，说道："你们为什么要这样欺人太甚啊！"芸笑着劝解，这才罢了。

芸初缄默，喜听余议论，余调其言，如蟋蟀之用纤草，渐能发议。其每日饭必用茶泡，喜用茶泡食芥卤乳腐，吴俗呼为臭乳腐；又喜食虾卤瓜。此二物余生平所最恶者，因戏之曰："狗无胃而食粪，以其不知臭秽；蜣螂团粪而化蝉，以其欲修高举也。卿其狗耶？蝉耶？"芸曰："腐取其价廉而可粥可饭，幼时食惯。今至君家已如蜣螂化蝉，犹喜食之者，不忘本也。至卤瓜之味，到此初尝耳。"余曰："然则我家系狗窦耶？"芸窘而强解曰："夫粪，人家皆有之，要在食与不食之别耳。然君喜食蒜，妾亦强啖之。腐不敢强，瓜可掩鼻略尝，入咽当知其美；此犹无盐貌丑而德美也①。"余笑曰："卿陷我作狗耶？"芸曰："妾作狗久矣，屈君试尝之。"以箸强塞余口，余掩鼻咀嚼之，似觉脆美，开鼻再嚼，竟成异味。从此亦喜食。芸以麻油加白糖少许拌卤腐，亦鲜美。以卤瓜捣烂拌卤腐，名之曰双鲜酱，有异味。余曰："始恶而终好之，理之不可解也。"芸曰："情之所钟，虽丑不嫌。"

【注释】
①无盐：相传为战国时人，姓钟离名春，因系齐国无盐邑人而得名，貌丑而有德，齐宣王立为王后。

【译文】

　　芸刚嫁过来时沉默寡言，喜欢听我高谈阔论，我常引逗她说话，就好像用细草撩拨蟋蟀一样，渐渐地，她也能发议论了。芸每天吃饭必定要用茶水泡，喜爱用茶水泡着吃芥卤乳腐，吴地俗称臭乳腐；又喜欢吃虾卤瓜。这两样东西是我平生最讨厌的，因而逗她说："狗没有胃而吃屎，是因为它不知道臭味污秽；蜣螂裹粪成团而化为蝉，是因为它想修行高飞。你是狗呢，还是蝉呢？"芸说："臭乳腐价格便宜，而且佐粥下饭都可以，我小时候吃惯了，如今嫁到夫君家，已经像蜣螂化为蝉了，还喜欢吃它，这是不忘本啊！至于虾卤瓜的味道，我是到了你家才开始尝到的呢！"我说："那这样说的话，我家是狗洞吗？"芸有些尴尬，强辩道："粪臭味的东西，人人家里都有，关键在于吃与不吃的区别罢了。夫君你喜欢吃大蒜，我也勉强吃一些，臭乳腐不敢勉强你吃，但是卤瓜你可以捏着鼻子稍微尝一点，咽下去就会知道它的美味，这好比无盐女虽然相貌丑陋，但品德美善啊！"我笑着说："你这是设了陷阱让我作狗吗？"芸说："我作狗已经很久了，委屈夫君也试着尝点吧！"说着便用筷子夹起虾卤瓜强塞到我口中，我掩着鼻子咀嚼，似觉得清脆鲜美，松开鼻子再嚼一会，竟然觉得特别的美味。从此也喜欢吃了。芸用麻油加少许白糖拌臭乳腐，也很鲜美。把虾卤瓜捣烂拌臭乳腐，起名叫双鲜酱，有种特别的味道。我说："开始讨厌，最后却喜欢上了，其中道理真是不可理解呀！"芸说："情之所钟，即使丑也不会嫌弃！"

　　余启堂弟妇，王虚舟先生孙女也。催妆时偶缺珠花①，芸出其纳采所受者呈吾母②，婢妪旁惜之。芸曰："凡为妇人，已属纯阴，珠乃纯阴之精，用为首饰，阳气全克矣，何贵焉？"而于破书残画，反极珍惜。书之残缺不全者，必搜集分门，汇订成帙，统名之曰"断简残编"；字画之破损者，必觅故纸粘补成幅，有破缺处，倩予全好而卷之，名曰"弃馀集赏"。于女红中馈之暇，终日琐琐不惮烦倦。芸于破笥烂卷中，偶获片纸可观者，如得异宝。旧邻冯妪每收乱卷卖之。

【注释】

① 催妆：旧时婚礼的一种仪式。即行正婚礼之前，男方向女家赠送新娘用品。

② 纳采：古代婚礼之一，相当于现代的定婚礼。

【译文】

我弟弟启堂的妻子，是王虚舟先生的孙女。给她下催妆礼时，唯独缺了珠花首饰，芸拿出自己彩礼中的珠花献给我母亲，婢女仆妇在旁边替芸惋惜，芸说："生为妇人，已属纯阴之体，珍珠更是纯阴的精华，用来作首饰，阳气就全被克尽了，何必如此看重它呢？"而对于破书残画，芸反倒极其珍惜。书籍中有残缺不全的，她都搜集后分门别类，汇集装订成套，统称之为"断简残编"；字画中有破损的，她都寻找旧纸粘补成一幅完整的，有破缺的地方，就请我修补完好后卷起，名之为"弃馀集赏"。在做针线刺绣、主理饮食的闲暇，整日在书画琐事中忙碌，不嫌烦倦。芸在破箱烂卷之中，偶尔找到值得一看的纸片，便如获至宝。以前的邻居冯老太，便时常收集些残书烂卷来卖给芸。

其癖好与余同，且能察眼意，懂眉语，一举一动，示之以色，无不头头是道。余尝曰："惜卿雌而伏，苟能化女为男，相与访名山，搜胜迹，遨游天下，不亦快哉！"芸曰："此何难。俟妾鬓斑之后，虽不能远游五岳，而近地之虎阜、灵岩①，南至西湖，北至平山②，尽可偕游。"余曰："恐卿鬓斑之日步履已艰。"芸曰：

"今世不能，期以来世。"余曰："来世卿当作男，我为女子相从。"芸曰："必得不昧今生，方觉有情趣。"余笑曰："幼时一粥犹谈不了；若来世不昧今生，合卺之夕，细谈隔世，更无合眼时矣。"芸曰："世传月下老人专司人间婚姻事，今生夫妇已承牵合，来世姻缘亦须仰借神力，盍绘一像祀之？"时有苕溪戚柳堤名遵③，善写人物，倩绘一像，一手挽红丝，一手携杖悬姻缘簿，童颜鹤发，奔驰于非烟非雾中，此戚君得意笔也。友人石琢堂为题赞语于首④，悬之内室。每逢朔望，余夫妇必焚香拜祷。后因家庭多故，此画竟失所在，不知落在谁家矣？"他生未卜此生休"⑤，两人痴情，果邀神鉴耶？

【注释】

① 虎阜：即苏州虎丘。春秋末期，吴王夫差葬其父阖闾于此，相传葬后三日有白虎踞其上，故名。 灵岩：灵岩山，在今苏州木渎镇附近，山上有奇石状似灵芝，故名。

② 平山：在今扬州市。

③ 苕溪：今浙江湖州。

④ 石琢堂：石韫玉（1756—1837），字执如，号琢堂，江苏吴县人。乾隆庚戌（1790）进士，仕至山东按察使。

⑤ "他生"句：语出唐代李商隐《马嵬》诗。

【译文】

芸的爱好与我相同，而且能够细察眼中意，懂我眉间语，一举一动，对她使个眼色，无不做得头头是道。我曾说："可惜你身为女子，只能待在家里，如果能化女儿身为男子，我们一起踏访名山，搜寻名胜古迹，遨游天下，那该多快乐啊！"芸说："这有什么难的，等我两鬓斑白之后，即使不能远游五岳，而附近的虎丘、灵岩，南到杭州西湖，北到扬州平山，尽可以一起去游玩。"我说："恐怕等你两鬓斑白的时候，步履已经艰难了。"芸说："今生不能，那就期待来世吧！"我说："来世你做男人，我做女子跟随你。"芸说："只有不忘今生，来世才能过得有情趣呢！"我笑着说："小时候'一碗粥'的事，到现在还谈不完；如果我俩来世不忘今生的事，结婚之夜喝完合卺酒，再细谈前一世的事，那更没有合眼睡觉的时间了啊！"芸说："世间传说月下老人专管人间婚姻大事，今生我们夫妇已由他牵合，来世姻缘也必须仰借他的神力，何不画一幅月老像来祭祀下？"当时，有个苕溪人戚柳堤，名遵，善画人物。我们便请他画了一幅月老像：一手挽着红丝绳，一手拄着悬挂姻缘簿的手杖，鹤发童颜，奔驰在非烟非雾的仙气之中，这是戚先生的得意之作。友人石琢堂还在画首题了赞语，我们把画悬挂在卧室。每逢初一十五日，我们夫妇俩必定焚香跪拜祈祷。后来因为家里多有变故，这幅画竟不知在哪丢失，最后不知流落到谁家了。所谓"他生未卜此生休"，我俩的痴情，果真能请神灵鉴察吗？

迁仓米巷，余颜其卧楼曰"宾香阁"，盖以芸名而取如宾意也。院窄墙高，一无可取。后有厢楼，通藏书处，开窗对陆氏废园，但有荒凉之象。沧浪风景，时切芸怀。有老妪居金母桥之东，埂巷之北。绕屋皆菜圃，编篱为门。门外有池约亩许，花光树影，错杂篱边。其地即元末张士诚王府废基也①。屋西数武，瓦砾堆成土山，登其巅可远眺，地旷人稀，颇饶野趣。妪偶言及，芸神往不置，谓余曰："自别沧浪，梦魂常绕，今不得已而思其次，其老妪之居乎？"余曰："连朝秋暑灼人，正思得一清凉地以消长昼。卿若愿往，我先观其家可居，即襆被而往，作一月盘桓何如？"芸曰："恐堂上不许。"余曰："我自请之。"越日至其地，屋仅二间，前后隔而为四，纸窗竹榻，颇有幽趣。老妪知余意，欣然出其卧室为赁，四壁糊以白纸，顿觉改观。于是禀知吾母，挈芸居焉。邻仅老夫妇二人，灌园为业，知余夫妇避暑于此，先来通殷勤，并钓池鱼、摘园蔬为馈。偿其价不受，芸作鞋报之，始谢而受。

【注释】

① 张士诚：元末泰州人，曾起兵反元，自称诚王。后降元，为明将所俘，自缢死。

【译文】

　　迁居仓米巷后，我给卧楼题匾叫"宾香阁"，是以"芸"名字的香意而取相敬如宾的意思。院窄墙高，没有什么景致，后面有厢楼，通往藏书处，开窗正对着陆氏废园，只有荒凉的景象。沧浪亭的风景，时刻萦绕在芸的心怀。有位老妇人居住在金母桥的东面，埂巷的北面。围绕房屋的都是菜圃，编了篱笆做门。门外有个池塘，大约一亩左右，花光树影，交错在篱笆边上。这块地就是元末张士诚王府的废基啊。房屋西边数步，瓦砾堆成土山，登上山顶可以远眺，野地空旷，人烟稀少，很富野趣。老妇人偶尔说起这些，芸都神往不已，对我说："自从远离了沧浪亭，梦魂时常萦绕，现在不得已退而求其次，这不就是老妇人住的地方吗？"我说："连日来秋暑灼热逼人，正想找一个清凉地方来消磨漫长的白天。你若愿意去，我先去看看她家可否居住，随后再拿被褥前往，住上一个月，怎么样？"芸说："恐怕母亲大人不允许吧。"我说："我自己去求她！"第二天来到老妇人家，见到屋子只有两间，前后隔开成四个小间，纸窗竹床，颇具清幽雅趣。老妇人听我表明来意，高兴地腾出她的卧室租给我们，四壁糊上白纸，顿时觉得焕然一新。于是禀告我母亲之后，带着芸住了过来。

邻居仅有老夫妇二人，灌溉菜园为生，知道我们夫妇是来这里避暑，先过来殷勤问候，又钓了池中鲜鱼，摘了园里蔬菜送给我们。给他们钱，不肯接受，芸就做了鞋子报答他们，这才谢着收下了。

　　时方七月，绿树阴浓，水面风来，蝉鸣聒耳。邻老又为制鱼竿，与芸垂钓于柳阴深处。日落时登土山观晚霞夕照，随意联吟，有"兽云吞落日，弓月弹流星"之句。少焉，月印池中，虫声四起，设竹榻于篱下。老妪报酒温饭熟，遂就月光对酌，微醺而饭。浴罢，则凉鞋蕉扇，或坐或卧，听邻老谈因果报应事。三鼓归卧，周体清凉，几不知身居城市矣。篱边倩邻老购菊①，遍植之。九月花开，又与芸居十日。吾母亦欣然来观，持螯对菊，赏玩竟日②。芸喜曰："他年当与君卜筑于此③，买绕屋菜园十亩，课仆妪，植瓜蔬，以供薪水。君画我绣，以为诗酒之需。布衣菜饭，可乐终身，不必作远游计也。"余深然之。今即得有境地，而知己沦亡，可胜浩叹！

【注释】

　　① 倩(qìng)：请，恳求。

　　② 竟日：整天。

　　③ 卜筑：选择地方建房子，有定居之意。

【译文】

　　当时正好才七月，绿树浓荫覆盖，水面来风习习，蝉鸣嘈杂刺耳。邻居老夫妇又为我们制作了鱼竿，我和芸在柳荫深处钓鱼。

日落时，登上土山看晚霞夕照，随意联句吟诗，有"兽云吞落日，弓月弹流星"的诗句。不一会儿，月映池中，虫声四起，便在篱笆下安放一张竹榻。老妇人告知酒温饭熟了，我们就在月光下对饮，喝到微醉再开始吃饭。洗完澡，就穿着凉鞋、摇着芭蕉扇，或是坐着，或是躺着，听邻居老夫妇谈些因果报应的故事。三更时分才回房睡觉，全身清凉爽适，几乎都忘记了是住在城市里呢！篱笆边种满了请邻居老夫妇购买的菊花。九月菊花开了，我和芸又来住了十天。连我母亲也高兴地前来赏花，边吃螃蟹，边看菊花，赏玩了一整天。芸欢喜地说："来年当与夫君在这里建一座房子，买下房屋周围的十亩菜园，派老仆妇种些瓜果蔬菜，以供给家用。夫君绘画我刺绣，作为品诗饮酒的费用。布衣菜饭，一辈子快快乐乐，不必再作远游的打算了啊。"我深深赞同芸的想法。如今，即便有了这样的境地，而深知我心的芸已经离开人世，我不胜唏嘘长叹啊！

离余家半里许，醋库巷有洞庭君祠①，俗呼水仙庙，回廊曲折，小有园亭。每逢神诞②，众姓各认一落，密悬一式之玻璃灯，中设宝座，旁列瓶几，插花陈设以较胜负。日惟演戏，夜则参差高下插烛于瓶花间，名曰"花照"。花光灯影，宝鼎香浮，若龙宫夜宴。司事者或笙箫歌唱，或煮茗清谈，观者如蚁集，檐下皆设栏为限。余为众友邀去，插花布置，因得躬逢其盛。归家向芸艳称之。芸曰："惜妾非男子，不能往。"余曰："冠我冠，衣我衣，亦化女为男之法也。"于是易髻为辫，添扫蛾眉，加余冠，微露两鬓，尚可掩饰，服余衣长一寸又半，于腰间折而缝之，外加马褂。芸曰："脚下将奈何？"余曰："坊间有蝴蝶履，小大由之，购亦极易，且早晚可代撒鞋之用，不亦善乎？"芸欣然，及晚餐后，装束既毕，效男子拱手阔步者良久。忽变卦曰："妾不去矣。为人识出既不便，堂上闻之又不可。"余怂恿曰："庙中司事者谁不知我，即识出亦不过付之一笑耳。吾母现在九妹丈家，密去密来，焉得知之？"芸揽镜自照，狂笑不已。余强挽之，悄然径去。遍游庙中，无识出为女子者，或问何人，以表弟对，拱手而已。最后至一处，有少妇幼女坐于所设宝座后，乃杨姓司事者之眷属也。芸忽趋彼通款曲③，身一侧，而不觉一按少妇之肩。旁有婢媪怒而起曰："何物狂生，不法乃尔！"余欲为措词掩饰，芸见势恶，即脱帽翘足示之曰："我亦女子耳。"相与愕然，转怒为欢。留茶点，唤肩舆送归④。

【注释】

① 洞庭君祠：祭祀太湖神的祠庙。洞庭，太湖别称。
② 神诞：指太湖神的诞辰。
③ 款曲：诚挚的心意。
④ 肩舆：轿子。

【译文】

离我家约半里多路程的醋库巷有座洞庭君祠，俗称水仙庙，回廊曲折，有些园亭点缀。每逢太湖神诞辰日，各个姓氏宗族各自认领一个角落，密密悬挂同一款式的玻璃灯，中间设宝座，旁边排列花瓶和茶几，插花陈设，以比较胜负。白天只有演戏，到了晚上，把蜡烛参差高低地插在花瓶之间，叫作"花照"。灯影下花光闪耀，宝鼎上香气缭绕，宛如龙宫的夜宴。掌管祠庙的人，有的吹奏笙箫，高歌吟唱；有的烹煮香茶，高谈阔论，观看的人多得如蚂蚁般聚集，廊檐下都设了栏杆来限制人流。我被众友人邀请前去插花布置，得以亲临这样的盛况。回家后向芸极力赞美了一番。芸说："可惜我不是男子，不能前往。"我说："戴上我的帽子，穿上我的衣服，也是化女为男的好法子啊！"于是芸把发髻改为辫子，描粗了眉毛，戴上我的帽子，微微露出两边的鬓角，勉强可以掩饰过去，但穿上我的衣服长了一寸半，只得在腰间折叠后缝好，外边套上马褂。芸说："脚下的鞋怎么办呢？"我说："街市上有一种蝴蝶鞋，大小可由人调节，也很容易买到，而且早晚可当拖鞋穿，不也很好吗？"芸高兴地同意了。到晚饭后，装扮完毕，又仿效男子拱手阔步的样子，练习了很久。忽然，芸变卦了，说："我不去了，被人认出来既多有不便，让母亲大人听说了又不好。"我怂恿她说："庙中管事的人谁不认识我？即使认出你来，也不过笑一笑罢了。我母亲现在九妹夫家，我们悄悄去悄悄回，她怎么会知道呢？"芸拿着镜子自照，也大笑不已。我硬是挽着她，悄悄地直奔水仙庙而去。游遍庙中，也没有人看出芸是女子，有人问我她是谁，我就以表弟相答，而芸只以拱手为礼而已。最后走到一处，有少妇和幼女坐在庙中所设宝座后面，是一位杨姓管事的家眷。芸忽然走上前去想打招呼，身子一侧，手无意间按了那位少妇的肩膀。旁边的仆妇大怒，站起来喝道："哪里来的狂生，如此不守礼法？"我想要替芸找借口掩饰，芸见情势危急，就立即脱下帽子，翘起金莲小脚给她们看，说："我也是女子啊！"大家先是大吃一惊，接着转怒为欢，并留芸共进茶点，还叫来轿子送我们回家。

吴江钱师竹病故，吾父信归①，命余往吊。芸私谓余曰："吴江必经太湖，妾欲偕往一宽眼界。"余曰："正虑独行踽踽，得卿同行固妙，但无可托词耳。"芸曰："托言归宁。君先登舟，妾当继至。"余曰："若然，归途当泊舟万年桥下，与卿待月乘凉，以续沧浪韵事。"时六月十八日也。

是日早凉，携一仆先至胥江渡口^②，登舟而待。芸果肩舆至，解维出虎啸桥，渐见风帆沙鸟，水天一色。芸曰："此即所谓太湖耶？今得见天地之宽，不虚此生矣。想闺中人有终身不能见此者。"闲话未几，风摇岸柳，已抵江城。余登岸拜奠毕，归视舟中洞然，急询舟子。舟子指曰："不见长桥柳阴下，观鱼鹰捕鱼者乎？"盖芸已与船家女登岸矣。余至其后，芸犹粉汗盈盈，倚女而出神焉。余拍其肩曰："罗衫汗透矣！"芸回首曰："恐钱家有人到舟，故暂避之。君何回来之速也？"余笑曰："欲捕逃耳。"于是相挽登舟，返棹至万年桥下，阳乌犹未落也。舟窗尽落，清风徐来，纨扇罗衫，剖瓜解暑。少焉，霞映桥红，烟笼柳暗，银蟾欲上^③，渔火满江矣。命仆至船梢与舟子同饮。

【注释】

① 信归：闻讯而归。
② 胥江：在苏州西南，相传因伍子胥而得名。
③ 银蟾：月亮。传说月中有蟾蜍。

【译文】

吴江钱师竹因病去世，我父亲闻讯而归，让我前去吊唁。芸悄悄对我说："去吴江必然经过太湖，我想与你一起去，开阔一下眼界。"我说："正愁一人独行太孤单，能与你一起去固然很好，但没有什么可作借口呀！"芸说："就借口说我回娘家。夫君先去登船，我当随后就到。"我说："如果这样，归途中应该把船停在万年桥下，到时与你一起对月乘凉，再续沧浪亭的风雅韵事。"当时是六月十八日。

这天清晨天气凉爽，我带一名仆人先到胥江渡口，登船等候。芸果然乘坐轿子来到，船夫解开缆绳，驶出虎啸桥，渐渐地看见风帆沙鸟，水天一色。芸说："这就是人们所说的太湖吗？今日终于见到天地之宽广，真是不枉此生啊！想天下闺中人，有的一辈子也不能见到这样的景色。"闲谈没多久，风吹拂着两岸杨柳，已经抵达江城了。我上岸拜奠完毕，回来看到船中空荡无人，急忙询问船夫。他手指着说："你没看见长桥柳荫下，观看鱼鹰捕鱼的那个人吗？"原来芸已经与船家女上岸了。我走到她们身后，见芸还粉汗盈盈，正倚靠着船家女看得出神呢！我拍拍她的肩膀，道："罗衫被汗水湿透啦！"芸回头说："我担心钱家有人到船边来，所以暂时避开。夫君怎么回来得这么快啊？"我笑着说："想捕捉逃跑的人啊！"于是相互挽着登船，掉过船桨来到万年桥下，这时太阳还没落山呢。船窗全部打开，清风徐吹，芸轻摇纨扇，身着罗衫，船家剖瓜解暑。不一会儿，晚霞映红了桥身，烟霭笼罩，柳树幽暗，银月即将升起，渔船灯火点满江面。我吩咐仆人到船尾与船夫共饮。

　　船家女名素云，与余有杯酒交，人颇不俗。招之与芸同坐。船头不张灯火，待月快酌，射覆为令。素云双目闪闪，听良久，曰："觞政侬颇娴习①，从未闻有斯令，愿受教。"芸即譬其言而开导之，终茫然。余笑曰："女先生且罢论。我有一言作譬，即了然矣。"芸曰："君若何譬之？"余曰："鹤善舞而不能耕，牛善耕而不能舞，物性然也。先生欲反而教之，无乃劳乎？"素云笑捶余肩曰："汝骂我耶！"芸出令曰："只许动口，不许动手！违者罚大觥。"素云量豪，满斟一觥，一吸而尽。余曰："动手但准摸索，不准捶人。"芸笑挽素云置余怀，曰："请君摸索畅怀。"余笑曰："卿非解人，摸索在有意无意间耳。拥而狂探，田舍郎之所为也。"时四鬓所簪茉莉，为酒气所蒸，杂以粉汗油香，芳馨透鼻。余戏曰："小人臭味充满船头，令人作恶。"素云不禁握拳连捶曰："谁教汝狂嗅耶？"芸呼曰："违令罚两大觥。"素云曰："彼又以小人骂我，不应捶耶？"芸曰："彼之所谓小人，盖有故也。请干此，当告汝。"素云乃连尽两觥。芸乃告以沧浪旧居乘凉事。素云曰："若然，真错怪矣。当再罚。"又干一觥。芸曰："久闻素娘善歌，可一聆妙音否？"素即以象箸击小碟而歌。芸欣然畅饮，不觉酩酊，乃乘舆先归。余又与素云茶话片刻，步月而回。时余寄居友人鲁半舫家萧爽楼中。越数日，鲁夫人误有所闻，私告芸曰："前日闻若婿挟两妓饮于万年桥舟中，子知之否？"芸曰："有之，其一即我也。"因以偕游始末详告之。鲁大笑，释然而去。

【注释】

① 觞政：酒令。　侬：吴人自称之词。

【译文】

　　船家女名叫素云，和我有杯酒之交，人很不俗，我叫她过来与芸同坐。船头不点灯火，我们一边等待月亮升起，一边畅快饮酒，以射覆行酒令。素云两眼忽闪忽闪，听了很久，说："酒令我是非常熟悉的，可从没听过有这个酒令，请教教我。"芸就打比方教她，但素云始终一脸茫然。我笑着说："女先生还是先别教了。我有一句话作比喻，你就能明白了。"芸说："夫君有什么比喻呢?"我道:"鹤善于舞蹈,而不能耕地;牛善于耕地,而不能舞蹈。这是动物的本性啊,先生想违背本性来教她,这不是徒劳无益吗?"素云笑着捶我的肩膀说:"你这是在骂我啊?"芸抬出酒令规矩道:"只许动口,不许动手! 违者罚酒一大杯!"素云酒量豪猛,满斟了一大杯,一饮而尽。我说:"动手也可,但只许摸索,不准捶人!"芸笑着挽过素云推到我怀中,说:"请夫君畅怀摸索吧!"我笑着说:"你不理解我说的,摸索的境界在于有意无意之间罢了。抱着狂摸,那是田家农夫的行为呢!"这时,她俩鬓发上所簪的茉莉花,被酒气熏蒸,间杂着粉汗油香,芳香扑鼻。我戏笑道:"小人的臭味充满船头,令人作呕!"素云不禁握拳连连捶打我说:"谁叫你拼命闻啊?"芸喊道:"违令了,罚酒两大杯!"素云说:"他又以小人骂我,不该捶他吗?"芸说:"他所说的小人,是有典故的。请干了这杯酒,就告诉你。"于是素云连干了两杯。芸才告诉她我们在沧浪亭旧居乘凉的往事。素云说:"如果是这样,真是错怪他了,我该当再罚!"又干了一杯。芸说:"早就听说素娘擅长唱歌,可以听听你美妙的歌声吗?"素云就用象牙筷敲击小碟唱起歌来。芸高兴地开怀畅饮,不知不觉酩酊醉去,就乘坐轿子先回去了。我又与素云喝茶闲聊了一会儿,踏着月色回到住处。当时我寄居在友人鲁半舫家的萧爽楼中。过了几天,鲁夫人误信一些传闻,悄悄告诉芸说:"前些天听说你夫婿带着两个妓女,在万年桥下的船中喝酒,你知道吗?"芸说:"是有这事,其中一个就是我呢!"于是将一起出游的始末经过详细告诉了她。鲁夫人大笑,疑虑全消而去。

　　乾隆甲寅七月①,余自粤东归,有同伴携妾回者,曰徐秀峰,余之表妹婿也,艳称新人之美,邀芸往观。芸他日谓秀峰曰:"美则美矣,韵犹未也。"秀峰曰:"然则若郎纳妾,必美而韵者乎?"芸曰:"然。"从此痴心物色,而短于资。时有浙妓温冷香者,寓于吴,有

《咏柳絮》四律，沸传吴下，好事者多和之。余友吴江张闲憨素赏冷香，携《柳絮》诗索和，芸微其人而置之。余技痒而和其韵②，中有"触我春愁偏婉转，撩他离绪更缠绵"之句，芸甚击节③。

【注释】

① 甲寅：乾隆五十九年(1794)。
② 技痒：急欲有所表现。
③ 击节：打拍子，指十分赞赏。

【译文】

乾隆五十九年七月，我从广东归来，有个带着小妾回来的同伴，叫徐秀峰，是我的表妹夫，他盛赞新人的美貌，邀请芸过去观看。过了几天，芸对秀峰说："美是美的，但韵致还不足呢！"秀峰说："那么你的郎君纳妾，必须是美丽而又有韵致的了？"芸说："当然！"从此以后，芸便痴心为我物色女子，可惜短缺钱财。当时有浙江名妓叫温冷香的，寓居在吴地，作有《咏柳絮》四首律诗，沸沸扬扬传遍吴地，喜爱诗词的多有作诗与她唱和。我有吴江的友人张闲憨素来欣赏冷香，便带着《咏柳絮》诗要我作和诗，芸看不起他，把诗搁在一边，我诗兴勃发，急欲和诗，其中有"触我春愁偏婉转，撩他离绪更缠绵"两句，芸非常赞赏。

明年乙卯秋八月五日①，吾母将挈芸游虎丘。闲憨忽至，曰："余亦有虎丘之游。今日特邀君作探花使者。"因请吾母先行，期于虎丘半塘相晤。拉余至冷香寓，见冷香已半老；有女名憨园，瓜期未破，亭亭玉立，真"一泓秋水照人寒"者也②。款接间，颇知文墨。有妹文园尚雏。余此时初无痴想，且念一杯之叙非寒士所能酬，而既入个中，私心忐忑，强为酬答。因私谓闲憨曰："余贫士也，子以尤物玩我乎③？"闲憨笑曰："非也。今日有友人邀憨园答我，席主为尊客拉去，我代客转邀客，毋烦他虑也。"余始释然。

　　至半塘，两舟相遇，令憨园过舟叩见吾母。芸、憨相见，欢同旧识，携手登山，备览名胜。芸独爱千顷云高旷④，坐赏良久。返至野芳滨，畅饮甚欢，并舟而泊。及解维，芸谓余曰："子陪张君，留憨陪妾可乎？"余诺之。返棹至都亭桥，始过船分袂，归家已三鼓。芸曰："今日得见美而韵者矣。顷已约憨园明日过我，当为子图之。"余骇曰："此非金屋不能贮，穷措大岂敢生此妄想哉⑤？况我两人伉俪正笃，何必外求？"芸笑曰："我自爱之，子姑待之。"

【注释】

　　① 乙卯：清乾隆十六年(1795)。

　　② "一泓"句：语出唐代崔珏《有赠》诗。

　　③ 尤物：罕见的珍品，多指美人，此指憨园。

　　④ 千顷云：山中一胜景，在苏州虎丘后山。

　　⑤ 措大：对贫穷读书人的讥称。

【译文】

　　第二年乾隆十六年秋八月五日，我母亲正要带芸游虎丘，闲憨忽然来到，说："我也去游虎丘，今日特邀你作探花使者。"于是我请母亲先走，约定在虎丘半塘会面。闲憨拉我来到名妓冷香的寓所，见到冷香已经是半老徐娘；有个女儿叫憨园，还未满十六岁，亭亭玉立，真个是"一泓秋水照人寒"的妙人儿啊。迎候接待之间，看得出很有文墨学识。她还有个妹妹叫文园，年纪还小。我那天一开始并没有什么幻想，况且考虑到仅是饮茶聊天，都已不是我这样的寒门读书人所能应付的，然而既已进入寓所，心中忐忑不定，只好强作酬答。于是我悄悄对闲憨说："我是个穷读书人，你是借美人尤物来玩弄我吗？"闲憨笑着说："不是啊，今天有友人邀请憨园来应酬我，可席主被尊客拉走了，我代席主转邀佳客，你不必烦恼多虑哦！"我这才放下了心。

到了半塘，与母亲的船相遇，我让憨园过船拜见母亲。芸与憨园初次相见，便高兴得如同旧相识，两人携手登山，周游各色名胜。芸独爱千顷云的高旷，坐下欣赏了很久。回到野芳滨，开怀畅饮，非常欢快，两船并排停在水边。等到解缆时，芸对我说："你陪张君，留下憨园陪我，可以吗？"我答应了她。掉过船桨回到都亭桥，这才过船分别，到家已是三更了。芸说："今日终于见到美丽而有韵致的女子了。刚才已约憨园明日来看我，我会为你想办法得到她。"我大吃一惊，说："这般女子，非金屋不能藏娇，穷书生岂敢生这样的妄想啊？何况我们夫妇正伉俪情深，何必外求佳丽呢？"芸笑着说："我自己也很喜欢她，你暂且等着吧！"

明午憨果至。芸殷勤款接，筵中以猜枚赢吟输饮为令，终席无一罗致语。及憨园归，芸曰："顷又与密约，十八日来此结为姊妹，子宜备牲牢以待。"笑指臂上翡翠钏曰："若见此钏属于憨，事必谐矣，顷已吐意，未深结其心也。"余姑听之。十八日大雨，憨竟冒雨至，入室良久，始挽手出，见余有羞色，盖翡翠钏已在憨臂矣。焚香结盟后，拟再续前饮。适憨有石湖之游，即别去。芸欣然告余曰："丽人已得，君何以谢媒耶？"余询其详。芸曰："向之秘言，恐憨意另有所属也。顷探之无他，语之曰：'妹知今日之意否?'憨曰：'蒙夫人抬举，真蓬蒿倚玉树也①。但吾母望我奢，恐难自主耳，愿彼此缓图之。'脱钏上臂时，又语之曰：'玉取其坚，且有团圞不断之意②，妹试笼之以为先兆。'憨曰：'聚合之权总在夫人也。'即此观之，憨心已得，所难必者冷香耳，当再图之。"余笑曰："卿将效笠翁之《怜香伴》耶③?"芸曰："然。"自此无日不谈憨园矣。后憨为有力者夺去，不果。芸竟以之死。

【注释】

① 蓬蒿：蓬草和蒿草，喻贫贱者。 玉树：传说中的仙树或白雪覆盖之树，喻貌美才优者。

② 团圞：团栾，圆的样子，指团聚不散。

③ 笠翁：李渔(1611—1679)，号笠翁，浙江兰溪人，清代戏曲家。《怜香伴》：李渔的戏曲作品之一，演妻为夫娶妾事。

【译文】

第二天中午，憨园果然来了。芸殷勤款待，宴席中以猜枚为酒令，赢了吟诗，输了喝酒，直到宴席结束也没有一句招罗的话。等憨园回去后，芸说："刚才又与她密约，十八日来这里与我结拜为姐妹，夫君应该准备些牲畜等祭拜之物等她来。"又笑着指手臂上的翡翠镯子说："如果你见到这只镯子戴在憨园的手臂上了，事情就必然成了，刚才我已经吐露了意思，只是还没有深入了解她的内心呢！"我姑且听从了她。十八日大雨，憨园竟然冒雨来到，她俩进了室内很久，才挽着手出来，见到我面露羞涩，原来翡翠镯子已经戴在憨园的手臂上了。两人焚香结拜后，我们打算再接着上次饮酒。刚巧憨园有石湖游玩之约，便告辞而去。芸高兴地告诉我："佳人已经得到，夫君拿什么来谢我这个媒人呢?"我问她详细经过，芸说："以前悄悄地说，是怕憨园另有意中人啊。刚才探问了她说还没有，我对她说：'妹妹知道今天我的意思吗?'

憨园说：'承蒙夫人抬举，真好似蓬蒿倚玉树了。只是我母亲还指望着靠我多挣钱，恐怕难以自作主张，希望我们都慢慢想办法吧。'我脱下手镯给她戴上时，又对她说：'玉，取其坚硬的含义，而玉镯有团圆不断的意思，妹妹试着戴上它，作为一个好兆头吧。'憨园说：'我们能否在一起，全凭夫人作主呀！'由此看来，憨园的心已经得到，只怕冷香不肯答应，只能再想办法。"我笑着说："你这是要效仿笠翁的《怜香伴》吗?"芸说："是啊!"从此，她就没有一天不谈论憨园了。可最终憨园被有权势的人夺去，愿望没有实现，芸竟还因为这件事去世了。

卷二　闲情记趣

　　余忆童稚时，能张目对日，明察秋毫，见藐小微物，必细察其纹理，故时有物外之趣。夏蚊成雷，私拟作群鹤舞空。心之所向，则或千或百，果然鹤也。昂首观之，项为之强。又留蚊于素帐中，徐喷以烟，使其冲烟飞鸣，作青云白鹤观，果如鹤唳云端，怡然称快。于土墙凹凸处，花台小草丛杂处，常蹲其身，使与台齐；定神细视，以丛草为林，以虫蚁为兽，以土砾凸者为丘，凹者为壑，神游其中，怡然自得。一日，见二虫斗草间，观之正浓，忽有庞然大物拔山倒树而来，盖一癞虾蟆也，舌一吐而二虫尽为所吞。余年幼方出神，不觉呀然惊恐。神定，捉虾蟆，鞭数十，驱之别院。年长思之，二虫之斗，盖图奸不从也。古语云"奸近杀"，虫亦然耶？贪此生涯，卵为蚯蚓所哈（吴俗呼阳曰卵），肿不能便。捉鸭开口哈之，婢妪偶释手，鸭颠其颈作吞噬状，惊而大哭，传为语柄。此皆幼时闲情也。

【译文】
　　我记得幼年时，能够睁大眼睛直视太阳，还能清楚地看见秋天鸟兽身上新生的毫毛。每当看到细小的事物时，我都会仔细观察它的纹理构造，所以时常得见事物本体之外的乐趣。夏天蚊子嗡嗡声如雷，我心里默默地把它们想作群鹤在天空中飞舞。心里这样想着，果然好似有成千上百只鹤出现在眼前。我抬起头看着它们，脖子都看僵了。又留些蚊子在白蚊帐里，慢慢地用烟喷，使它们冲着烟雾飞鸣，当作青云白鹤来观赏，果然眼前仿佛见到白鹤在青云中飞翔鸣叫，于是我高兴地拍手称快。在土墙凹凸不平的地方，以及花台小草丛杂而生的地方，我常蹲下身来，使身子与台阶齐平，聚精会神地仔细观看：我把丛草作为树林，把各种昆虫当作野兽，把凸起的瓦砾土块作为山丘，把凹陷的小土坑当作沟壑，任由自己神游其中，自得其乐。一天，我看见两只虫子在草丛中打斗，看得兴致正浓之时，忽然有只庞然大物以拔山倒树之势而来，原来是一只癞蛤蟆，舌头一伸，两只虫子就全被它吞了下去。我那时年幼，正看得出神，不禁吓了一跳，很是惊恐。等定下神来，就捉住癞蛤蟆，打了它几十下，把它赶到别的院子去了。长大后再回想此事，两只虫子打斗，大约是一个要交配，另一个不服从吧！古语说"强奸近似于杀人"，虫类不也是一样的吗？我因贪爱草丛间玩虫的乐趣，有一次阳物被蚯蚓吸住（吴地俗语称阳物为卵），肿得不能小便。只好捉了只鸭子，让它张嘴含着解毒，老仆妇不经意间松了手，鸭子就伸直脖子，作出要吞吃的样子，我惊吓得大哭起来，此事后来传为笑柄。这些都是我幼年时的闲情逸事啊！

及长，爱花成癖，喜剪盆树。识张兰坡，始精剪枝养节之法，继悟接花叠石之法。花以兰为最，取其幽香韵致也，而瓣品之稍堪入谱者不可多得。兰坡临终时，赠余荷瓣素心春兰一盆，皆肩平心阔①，茎细瓣净，可以入谱者，余珍如拱璧②。值余幕游于外，芸能亲为灌溉，花叶颇茂。不二年，一旦忽萎死。起根视之，皆白

如玉，且兰芽勃然，初不可解，以为无福消受，浩叹而
已。事后始悉有人欲分不允，故用滚汤灌杀也。从此誓
不植兰。

【注释】

① 肩平：指两侧萼片（副瓣）水平伸展，又称一字肩，属兰花中之
佳品。

② 拱璧：双手合抱的大璧，后泛称珍贵之物。

【译文】

等到长大，我爱花成了癖好，喜爱修剪盆景花木。后来结识
了张兰坡，才开始精通剪裁树枝、栽养节干的方法，接着又领悟
了嫁接花木、堆叠石景的方法。花中以兰花为最佳，是因为它的
幽香韵致，然而花瓣品相稍能入花谱的却不多。兰坡临终时，送
给我一盆荷瓣素心春兰，都是肩平心阔，茎细瓣净，可以入花谱
的上品，我把它视为珍宝。当我在外任幕僚的时候，芸会亲自浇
灌，花叶非常繁茂。但不到两年，一天早上忽然枯萎死去，拔起
根茎一看，色泽都莹白如玉，且花芽生机盎然，开始真不知该如
何解释，以为是自己无福消受，惟有长叹而已。事后才知道是有
人想分这盆兰花，没能得逞，就故意用滚烫的水浇死了它。从此
我发誓不再种兰花。

次取杜鹃，虽无香而色可久玩，且易剪裁。以芸惜
枝怜叶，不忍畅剪，故难成树。其他盆玩皆然。惟每年
篱东菊绽①，秋兴成癖。喜摘插瓶，不爱盆玩。非盆玩
不足观，以家无园圃，不能自植；货于市者，俱丛杂无
致，故不取耳。其插花朵，数宜单，不宜双。每瓶取一
种，不取二色。瓶口取阔大，不取窄小，阔大者舒展不

拘。自五七花至三四十花，必于瓶口中一丛怒起，以不散漫、不挤轧、不靠瓶口为妙，所谓"起把宜紧"也。或亭亭玉立，或飞舞横斜。花取参差，间以花蕊，以免飞钹耍盘之病。叶取不乱，梗取不强。用针宜藏，针长宁断之，毋令针针露梗，所谓"瓶口宜清"也。视桌之大小，一桌三瓶至七瓶而止，多则眉目不分，即同市井之菊屏矣。几之高低，自三四寸至二尺五六寸而止，必须参差高下，互相照应，以气势联络为上。若中高两低，后高前低，成排对列，又犯俗所谓"锦灰堆"矣②。或密或疏，或进或出，全在会心者得画意乃可。

【注释】

① 篱东：即东篱。晋代陶渊明《饮酒诗》之五："采菊东篱下，悠然见南山。"后因以借指菊花或种菊处。

② 锦灰堆：是我国传统艺术手法之一。文人描绘一些残破的古旧字典、废旧拓片、废弃画稿、扇面、信札等杂物，活像灰堆里拾出来的，故称。

【译文】

兰花以下是杜鹃花，虽然没有香气，但花色却可以让人久久赏玩，且容易剪裁。因为芸怜惜枝叶，不忍心放开修剪，因此难以成为好的盆树。其他盆景都是如此。惟有每年东篱下菊花绽放时，秋日寄托情怀便成了偏爱。我喜欢摘了菊花来插瓶，不爱做盆景玩。不是盆景不足以观赏，而是因为家中没有园圃，不能亲自种植；而市场上买的盆菊，全都丛杂散乱没有韵致，所以不做罢了。在插花时，朵数宜单，不宜双。每瓶取一种品类，不取两种颜色。瓶口取阔大，不取窄小，阔大的宜使花枝舒展，无拘无束。从五枝七枝到三四十枝花朵，一定要在瓶口中集成一丛，怒放而起，以不零落分散、不相互挤轧、不靠近瓶口为最妙，这就是所谓"起把宜紧"。这样就使它们或亭亭玉立，或飞舞横斜。花要插得参差错落，间杂以花蕊，以避免杂耍中"飞铍耍盘"那样的弊病。花叶选不凌乱，花梗选不强硬的。用针时宜藏而不露，针长宁可折断，不能让一针针露出花梗，这就是所谓"瓶口宜清"。看桌子的大小，一桌放三到七瓶就够了，多了就眉目不清，和街市上贩卖的菊花屏没什么区别了。几案的高低，从三四寸到二尺五六寸为止，必须参差高低，互相照应，以气势联络为最佳。要是中间高两边低，后面高前面低，成排成对，又犯了俗语所说的"锦灰堆"的毛病了。或密或疏，或进或出，全在于心领神会的人领悟到画中意境才行。

　　若盆碗盘洗，用漂青松香榆皮面和油，先熬以稻灰收成胶，以铜片按钉向上，将膏火化粘铜片于盘碗盆洗中。俟冷，将花用铁丝扎把，插于钉上，宜偏斜取势，不可居中，更宜枝疏叶清，不可拥挤；然后加水，用碗沙少许掩铜片，使观者疑丛花生于碗底方妙。若以木本花果插瓶，剪裁之法（不能色色自觅，倩人攀折者每不合意），必先执在手中，横斜以观其势，反侧以取其态。相定之后，剪去杂枝，以疏瘦古怪为佳。再思其梗如何入瓶，或折或曲，插入瓶口，方免背叶侧花之患。若一枝到手，先拘定其梗之直者插瓶中，势必枝乱梗强，花侧叶背，既难取态更无韵致矣。折梗打曲之法，锯其梗之半而嵌以砖石，则直者曲矣。如患梗倒，敲一二钉以管之，即枫叶竹枝，乱草荆棘，均堪入选。或绿竹一竿配以枸杞数粒，几茎细草伴以荆棘两枝，苟位置得宜，另有世外之趣。若新栽花木，不妨歪斜取势，听其叶侧，一年后枝叶自能向上。如树树直栽，即难取势矣。

【译文】

　　如果用盆、碗、盘、洗来插花，就要用漂青、松香、榆皮的粉末与油混合，先用稻灰熬煮，收成胶体，再将铜片上面按钉子，钉尖向上，将胶膏用火融化后把铜片粘在盘、碗、盆、洗中。待膏冷却，将花用铁丝扎成一把，插在钉子上，花势最好略有偏斜，不能居中，更应将花枝、花叶修剪得疏朗干净，不能拥挤；然后加水，用细沙少许掩盖住铜片，使观赏的人以为丛花是从碗底长出来的，那才为妙。如果用木本花果来插瓶，剪裁的方法（不能每一色花都自己去找，请人攀折的又往往不合意），一定要先将花枝拿在手中，从横、斜两面来观察它的架势，再从反、侧两面来选取它的姿态。看定之后，剪去杂枝，以疏朗清瘦、姿态奇异为佳。再考虑如何将花梗插入瓶中，或折断或扭曲，插入瓶口，才能避免叶子翻背、花朵靠边的毛病。如果一枝花在手，先限定它直梗的花枝插入瓶中，势必会枝条凌乱，梗茎僵硬，花朵侧开，叶子翻背，既难以取得美的姿态，更没有韵致了。折断或扭曲花梗的方法，是锯开花梗的一半，嵌上砖石，那么直梗也会变弯了。如果担心花梗会倾倒，就敲一两枚钉子来固定，即便是枫叶竹枝、乱草荆棘，都可以选来插花。或是一竿绿竹配上几粒枸杞，几茎细草搭配两枝荆棘，如果位置布局得当，会另有一番超脱世外的意趣。如果新栽花木，不妨就歪斜着种，取个合适的走势，随它叶子侧生，一年后枝叶自然能向上生长。如果每株植物都笔直地栽种，就很难取得别致的姿态了。

　　至剪裁盆树，先取根露鸡爪者，左右剪成三节，然后起枝。一枝一节，七枝到顶，或九枝到顶。枝忌对节如肩臂，节忌臃肿如鹤膝。须盘旋出枝，不可光留左右，以避赤胸露背之病。又不可前后直出。有名双起三起者，一根而起两三树也。如根无爪形，便成插树，故不取。然一树剪成，至少得三四十年。余生平仅见吾乡万翁名彩章者，一生剪成数树。又在扬州商家见有虞山游客携送黄杨翠柏各一盆[①]，惜乎明珠暗投[②]，余未见其可也。若留枝盘如宝塔、扎枝曲如蚯蚓者，便成匠气矣。

【注释】

　　① 虞山：今江苏常熟。

　　② 明珠暗投：语出《史记·鲁仲连邹阳列传》。此比喻珍贵的东西落到不识货的人手里。

【译文】

　　至于剪裁盆树，先选取根部露出像鸡爪那样的，左右剪成三节，然后向上留枝。一枝留一节，七枝到顶，或九枝到顶。枝干切忌节节对称，像肩膀手臂；枝节切忌臃肿，像鹤的膝盖；枝条必须盘旋而出，不能光留左右两侧，以避免赤胸露背的毛病，但又不能前后直长。有叫作"双起"及"三起"的盆树，一个树根却长出两三根树杈来，如树根没有鸡爪形，就成了插树，所以不可选取。然而一棵盆树的剪裁成功，至少得三四十年。平生仅见过我的同乡万彩章老先生，一辈子剪裁成功几棵。还曾在扬州商家见到一位虞山游客，带来赠送主人的黄杨和翠柏各一盆，可惜是明珠暗投，我觉得那商人未必懂得品鉴这些好树。如果留枝盘旋像宝塔，扎枝弯曲像蚯蚓的，便成工匠习气了。

　　点缀盆中花石，小景可以入画，大景可以入神。一瓯清茗，神能趋入其中，方可供幽斋之玩。种水仙无灵璧石①，余尝以炭之有石意者代之。黄芽菜心其白如玉，取大小五七枝，用沙土植长方盆内，以炭代石，黑白分明，颇有意思。以此类推，幽趣无穷，难以枚举。如石菖蒲结子②，用冷米汤同嚼喷炭上，置阴湿地，能长细菖蒲；随意移养盆碗中，茸茸可爱。以老莲子磨薄两头，入蛋壳使鸡翼之，俟雏成取出，用久年燕巢泥加天门冬十分之二③，捣烂拌匀，植于小器中，灌以河水，晒以朝阳；花发大如酒杯，叶缩如碗口，亭亭可爱。

【注释】

① 灵璧石：出安徽灵璧，形状奇特，多用作园林盆景点缀。

② 石菖蒲：草本植物，形似菖蒲，植株矮小，主要供观赏，根茎状可入药。

③ 天门冬：亦称"天冬草"，多年生攀缘草本，块根可入药。

【译文】

点缀盆景中的花石，小景可以入画，大景可以入神。捧一杯清茶，而神韵能被吸引到花石盆景中，这样的盆景方才可供幽雅斋室的赏玩。种水仙而无灵璧石点缀，我曾试图用具有石头意蕴的木炭来代替。黄芽菜心洁白如玉，我取大小菜心五七枝，用沙土培植在长方形的盆内，以木炭代替石头，黑白分明，很有情致。以此类推，幽趣无穷，难以一一列举。如石菖蒲所结的籽，与冷米汤一起咀嚼后喷在木炭上，放置在阴湿的地方，便能长出细菖蒲来；再随意地移养在盆碗中，绿茸茸的，很是可爱。把老莲子的两头磨薄，放入蛋壳中，让母鸡用翅膀来孵化它，等萌芽生成就取出，用多年的燕巢泥兑上十分之二的天门冬块根，捣乱拌匀，盛入小器皿中，种上萌芽，用河水浇灌，让它朝阳照晒；花开时大如酒杯，叶片则缩小得像碗口，亭亭玉立，可爱极了。

　　若夫园亭楼阁，套室回廊，叠石成山，栽花取势，又在大中见小，小中见大，虚中有实，实中有虚，或藏或露，或浅或深，不仅在周回曲折四字，又不在地广石多徒烦工费。或掘地堆土成山，间以块石，杂以花草，篱用梅编，墙以藤引，则无山而成山矣。大中见小者，散漫处植易长之竹，编易茂之梅以屏之。小中见大者，窄院之墙宜凹凸其形，饰以绿色，引以藤蔓，嵌大石，凿字作碑记形。推窗如临石壁，便觉峻峭无穷。虚中有实者，或山穷水尽处，一折而豁然开朗；或轩阁设厨处，一开而可通别院。实中有虚者，开门于不通之院，映以竹石，如有实无也；设矮栏干墙头，如上有月台，而实虚也。

【译文】

　　至于园亭楼阁的布置，或套室回廊，叠石成山，栽花取势，又在于大中见小，小中见大，虚中有实，实中有虚，或藏或露，或浅或深，其中微妙，在于"周回曲折"四个字，而不在于地广石多而白白耗费人工和钱财。如掘地堆土成山，中间以块石间隔，间杂种上花草，用梅枝编织篱笆，将藤蔓牵引上墙，如此即使没山的地方也有山景了。所谓大中见小，就是在开阔平坦的地方，种植些容易生长的竹子，再编织些容易茂盛的梅枝，以此作为屏障隔断。所谓小中见大，就是将狭窄的院落围墙作出凹凸不平的样子，以绿色装饰，牵引上藤蔓，嵌上大石头，石头上凿字，做成碑记形状。推开窗户就好像面对石壁，便觉峻峭无穷。所谓虚中有实，或是在园林中山穷水尽处，一转弯却又豁然开朗了；或是在轩房阁楼里设置进餐处，一开门而可通往别的庭院。所谓实中有虚，或是在不能通行的庭院里开一门洞，以竹石掩映，看上去仿佛外面另有庭院，其实却没有；或是在墙头上面设置矮栏杆，仿佛上面有月台，而实际是虚设。

　　贫士屋少人多，当仿吾乡太平船后梢之位置，再加转移其间。台级为床，前后借凑，可作三榻，间以板而裱以纸，则前后上下皆越绝①。譬之如行长路，即不觉其窄矣。余夫妇侨寓扬州时，曾仿此法，屋仅两椽②，上下卧房，厨灶客座皆越绝，而绰然有馀。芸曾笑曰："位置虽精，终非富贵家气象也。"是诚然欤！

【注释】
　　① 越绝：空间相通而又有隔绝。
　　② 椽(chuán)：房屋的间数。

【译文】
　　贫寒之士屋少人多，可以仿照我家乡太平船后舱的布置，其中再增加一些转移变化。将台阶作为卧榻，前后借凑，可以作出三个卧榻，中间用木板隔断，裱上纸，那么前后上下的空间既相通而又隔绝。好像走在一条长路上，就不觉得它狭窄了。我们夫妇俩寄居扬州时，曾仿效此法，屋子虽只有两间，但上下卧室、厨房、客厅都既相通而又隔绝，而空间还显得宽畅有馀。芸曾笑着说："布置虽然精巧，但终究不是富贵人家的气象啊！"也确实是这样啊！

　　余扫墓山中，检有峦纹可观之石。归与芸商曰："用油灰叠宣州石于白石盆①，取色匀也。本山黄石虽古朴，亦用油灰，则黄白相间，凿痕毕露，将奈何？"

芸曰："择石之顽劣者，捣末于灰痕处，乘湿糁之，干或色同也。"乃如其言，用宜兴窑长方盆叠起一峰②，偏于左而凸于右，背作横方纹，如云林石法③，巉岩凹凸，若临江石矶状。虚一角，用河泥种千瓣白萍。石上植茑萝④，俗呼云松，经营数日乃成。至深秋，茑萝蔓延满山，如藤萝之悬石壁。花开正红色。白萍亦透水大放。红白相间，神游其中，如登蓬岛。置之檐下与芸品题：此处宜设水阁，此处宜立茅亭，此处宜凿六字曰"落花流水之间"，此可以居，此可以钓，此可以眺；胸中丘壑若将移居者然。一夕，猫奴争食自檐而堕，连盆与架顷刻碎之。余叹曰："即此小经营，尚干造物忌耶？"两人不禁泪落。

【注释】

① 宣州：今安徽宣城，其地山水之佳，名著东南。

② 宜兴：在江苏南部，以烧制陶器著称于世。

③ 云林：元末画家倪瓒（1301—1374），字元镇，号云林，江苏无锡人，尤擅画石。

④ 茑萝：又名密萝松，蔓生植物，花形为五角星，红色，又称五角星花。

【译文】

我在山中扫墓时，捡了有山峦纹路可供观赏的石头。回来与芸商量道："用油灰黏连宣州石堆叠在白石盆内，胜在色泽匀称。本地山上的黄石虽然古朴可观，但如果也用油灰黏连，就会显得黄白相夹杂，堆凿的痕迹完全暴露，如何是好呢？"芸说："选其中顽劣的石头，捣成粉末，趁还湿润的时候掺和涂抹在油灰黏连的地方，干了或许颜色会相同。"我于是按她说的，用宜兴窑产的长方盆叠起一个小山峰，偏向左侧，而右侧高起，背面呈横方石纹，如同倪云林画山石的技法，山岩险峻，凹凸起伏，好似临江石矶的形状。空出的一角，用河泥种下千瓣白萍。山石上种植了茑萝，即俗称的云松。我们花费了好几天才完成。到了深秋，茑萝蔓延整个山峰，好像藤萝悬挂在石壁之上；茑萝花开正红色，白萍也浮出水面盛放了，红白相间，我们神游其中，如同登上了蓬莱仙岛。我把这盆景放在屋檐下，与芸品赏评论：这里应设水上楼阁，那里应立茅草亭子；这里应凿六字"落花流水之间"，那里可以居住；这里可以垂竿钓鱼，那里可以登高远眺；胸中的山水境界好像就要移居到其中一样。一天傍晚，猫儿争食从屋檐上坠下，连盆带架顷刻间全都被打碎了。我叹息道："即便是这么件小玩意儿，也触犯了造物主的禁忌吗？"两人不禁潸然泪下。

静室焚香，闲中雅趣。芸尝以沉速等香，于饭镬蒸透，在炉上设一铜丝架，离火半寸许，徐徐烘之，其香幽韵而无烟。佛手忌醉鼻嗅，嗅则易烂。木瓜忌出汗，汗出，用水洗之。惟香圆无忌。佛手木瓜亦有供法，不能笔宣。每有人将供妥者随手取嗅，随手置之，即不知供法者也。

余闲居，案头瓶花不绝。芸曰："子之插花能备风晴雨露，可谓精妙入神；而画中有草虫一法，盍仿而效之？"余曰："虫蹀躞不受制，焉能仿效？"芸曰："有一法，恐作俑罪过耳①。"余曰："试言之。"曰："虫死色不变。觅螳螂蝉蝶之属，以针刺死，用细丝扣虫项系花草间，整其足，或抱梗，或踏叶，宛然如生，不亦善乎？"余喜，如其法行之，见者无不称绝。求之闺中，今恐未必有此会心者矣。

【注释】
　　① 作俑：制造殉葬用的偶像。此喻首开恶例。

【译文】

　　在幽静的屋子里焚香，是闲暇生活中的雅趣。芸曾经把沉香、速香等香料，放在饭锅里蒸透，然后在香炉上设一铜丝架，离火半寸左右，慢慢烘烤，散发的香味幽深雅致，而且没有烟气。佛手切忌酒醉之人用鼻子闻，一闻就容易烂掉。木瓜切忌分泌汁液，一有汁液渗出，要用清水洗掉。只有香圆没有忌讳。佛手、木瓜也有供养的方法，不能用笔一一陈述。经常有人将摆好的供品随手拿来嗅闻，又随手放置，就是不懂供养的方法啊。

　　我闲居在家时，桌上瓶花不断。芸说："你的插花，能体现花在风晴雨露中的种种韵致，可以说是精妙入神了；而绘画中有草虫一法，何不也仿效一下？"我说："虫子跳跃爬行不受控制，又怎么能仿效呢？"芸说："有一种方法，恐怕是始作俑者般的罪过呢！"我说："你试着说说看。"芸说："虫子死后颜色不变。找些螳螂、蝉、蝴蝶之类，用针刺死，再用细丝拴住虫子脖颈，系在花草之间，调整好虫子的手脚，让它们或是怀抱枝梗，或是脚踏枝叶，宛如活的一样，不是个好办法吗？"我听了欣喜，就按她的方法做了，见到的人无不叫绝。遍求闺中，如今恐怕也未必有这样能体悟我心意的女子了吧！

　　余与芸寄居锡山华氏①，时华夫人以两女从芸识字。乡居院旷，夏日逼人。芸教其家，作活花屏法甚妙。每屏一扇，用木梢二枝约长四五寸，作矮条凳式，虚其中，横四挡，宽一尺许，四角凿圆眼，插竹编方眼。屏约高六七尺，用砂盆种扁豆置屏中，盘延屏上，两人可移动。多编数屏，随意遮拦，恍如绿阴满窗，透风蔽日，纡回曲折，随时可更，故曰活花屏。有此一法，即一切藤本香草随地可用。此真乡居之良法也。

【注释】

① 锡山：今江苏无锡。

【译文】

我与芸寄居在锡山华家时，当时华夫人让两个女儿跟着芸学习认字。乡居院落空旷，夏季暑日逼人。芸教她们家做"活花屏"，方法很是奇妙：每个花屏是一扇，用长约四五寸的木梢两枝，做成矮条凳的样子，中间留空；横上四根宽一尺左右的木档，四个角凿上圆孔，插上竹子编成方孔。花屏高约六七尺，用砂盆种上扁豆放置在屏中，让豆藤攀延屏上，两个人就可移动。多编几扇花屏，随意摆放遮拦，就好像绿荫满窗，而且透风遮阳，回环曲折，随时可以更换，所以叫"活花屏"。有了这种方法，那么一切藤本香味植物，随地都可以采用。这真是乡居避暑的好方法啊！

友人鲁半舫名璋，字春山，善写松柏或梅菊，工隶书，兼工铁笔①。余寄居其家之萧爽楼，一年有半。楼共五椽，东向，余居其三。晦明风雨，可以远眺。庭中木犀一株，清香撩人。有廊有厢，地极幽静。移居时，有一仆一妪，并挈其小女来。仆能成衣，妪能纺绩，于是芸绣，妪绩，仆则成衣，以供薪水。余素爱客，小酌必行令。芸善不费之烹庖，瓜蔬鱼虾一经芸手，便有意外味。同人知余贫，每出杖头钱^②，作竟日叙。余又好洁，地无纤尘，且无拘束，不嫌放纵。时有杨补凡名昌绪，善人物写真；袁少迂名沛，工山水；王星澜名岩，工花卉翎毛。爱萧爽楼幽雅，皆携画具来，余则从之学画。写草篆，镌图章，加以润笔^③，交芸备茶酒供客，终日品诗论画而已。更有夏淡安、揖山两昆季，并缪山音、知白两昆季，及蒋韵香、陆橘香、周啸霞、郭小愚、华杏帆、张闲憨诸君子，如梁上之燕自去自来。芸则拔钗沽酒^④，不动声色，良辰美景，不放轻过。今则天各一方，风流云散，兼之玉碎香埋，不堪回首矣！

【注释】

① 铁笔：刻印以刀代笔，故曰铁笔。

② 杖头钱：买酒钱。典出《世说新语·任诞》："阮宣子（修）常步行，以百钱挂杖头，至酒店便独酣畅。"

③ 润笔：书画金石的酬金。

④ 拔钗沽酒：卖掉金钗为丈夫买酒，形容妻贤。唐代元稹《遣悲怀》诗有"泥他沽酒拔金钗"之句。

【译文】

友人鲁半舫，名璋，字春山，善画松柏及梅菊，也擅长隶书，兼通篆刻。我寄居在他家的萧爽楼里，有一年半之久。此楼共有五间，朝东，我们住其中的三间。无论天气阴晦还是晴朗，刮风还是下雨，都可以凭楼远眺。庭院中有一棵木樨树，清香撩人；又有走廊与厢房，环境极其幽静。搬过去的时候，带有一名仆人和一名仆妇，把他们的小女儿也带来了。仆人能做衣服，仆妇能纺织，于是芸刺绣，仆妇纺织，仆人则缝制成衣服，以供日常开支。我素来好客，小酌饮酒必行酒令。芸善于用不多的花费烹调菜肴，瓜果蔬菜和鱼虾一经芸的调理，便有意想不到的美味。朋友知道我贫寒，每次都拿出买酒钱，过来畅叙整天。我既爱整洁，地上纤尘不染，而且毫无拘束，不嫌放纵。当时有杨补凡，名昌绪，擅长人物写真；袁少迂，名沛，擅长画山水；王星澜，名岩，擅长画花鸟。他们喜爱萧爽楼的幽雅环境，都携带画具过来做客，我就跟着他们学画画。写草书、篆书、刻图章，加上润笔费，交给芸去置办茶水酒菜招待客人，主客终日品诗论画而已。更有夏淡安、揖山两兄弟，和缪山音、知白两兄弟，以及蒋韵香、陆橘香、周啸霞、郭小愚、华杏帆、张闲酣诸位君子，如梁上燕子一般，自来自去。芸则取下头上的金钗，卖钱换酒，还不露声色，良辰美景，从不轻易度过。而今这些朋友天各一方，风流云散，而芸也已去世，玉碎香埋，真是不堪回首啊！

萧爽楼有四忌：谈官宦升迁，公廨时事①，八股时文，看牌掷色②；有犯必罚酒五斤。有四取：慷慨豪爽，风流蕴藉，落拓不羁，澄静缄默。长夏无事，考对为会。每会八人，每人各携青蚨二百③。先拈阄，得第一者为主考，关防别座④；第二者为誊录，亦就座；馀作举子，各于誊录处取纸一条，盖用印章。主考出五七言各一句，刻香为限，行立构思，不准交头私语。对就后投入一匣，方许就座。各人交卷毕，誊录启匣，并录一册，转呈主考，以杜徇私。十六对中取七言三联，五言三联。六联中取第一者即为后任主考，第二者为誊录。每人有两联不取者罚钱二十文，取一联者免罚十文，过限者倍罚。一场，主考得香钱百文。一日可十场，积钱千文，酒资大畅矣。惟芸议为官卷⑤，准坐而构思。

【注释】

　　① 公廨(xiè)：官府，官署。

　　② 掷色(shǎi)：掷骰子。

　　③ 青蚨：原为古代传说中的一种虫，也叫"鱼伯"。据《搜神记》载，以青蚨血涂钱购物，钱能飞回。后即指钱。

　　④ 关防别座：当时正规职官用正方形的官印，称印；临时派遣的官员用长方形的官印，称关防。因主考为临时派遣的差使，故用关防。别座，坐在一边。

　　⑤ 官卷：清代科举制度规定，高级官员的子弟应乡试者叫官生，其试卷称官卷，官卷别编字号，不占名额，亦不能取中解元和经魁。此指陈芸被推举为官卷，也就是不占考对名额。

【译文】

　　萧爽楼聚会有四个禁忌：谈官宦升迁，论官府时事，写八股时文，赌骨牌掷骰；有违反者必罚酒五斤。另有四个倡导：慷慨豪爽，风流蕴藉，落拓不羁，澄静缄默。夏日漫长无事，大家便以应试对句来聚会。每会八人，每人各带二百文钱。先抓阄，得第一的人为临时主考，坐在一旁监考；得第二的人为抄录官，也就座；其余的人都是应试的举子，各自到抄录官处取纸一条，盖上印章。主考官出五言、七言诗各一句，燃香计时为限，可以行走或站立着构思，但不准交头私语。对完诗后将纸条投入一匣中，方可就座。各人交卷完毕，抄录官打开匣子，将所对诗句合并抄录成一册，转交给主考官，以杜绝徇私。十六个对句中选取七言诗三联，五言诗三联。六联中取得第一名的即为后任主考官，第二名的为后任抄录官。每人有两联不入选的要罚钱二十文，入选一联的免罚十文，超过时限的加倍处罚。一场下来，主考官可得香钱一百文。一天可考十场，积攒一千文钱，买酒的费用已非常充裕了。惟独芸例外，经大家商议作为"官卷"应试，允许她坐着构思。

杨补凡为余夫妇写载花小影，神情确肖。是夜月色颇佳，兰影上粉墙，别有幽致。星澜醉后兴发曰："补凡能为君写真，我能为花图影。"余笑曰："花影能如人影否？"星澜取素纸铺于墙，即就兰影，用墨浓淡图之。日间取视，虽不成画，而花叶萧疏，自有月下之趣。芸甚宝之。各有题咏。

【译文】

　　杨补凡曾为我们夫妇画载花小像，神情确实很像。这天夜晚月色很美，兰花的影子映上粉墙，别有一番清幽韵致。王星澜醉后兴致大发道："补凡能为你画肖像，我能为兰花画影。"我笑着说："花影能如人影吗？"星澜拿来白纸铺在墙上，就照着兰花影子，用墨浓淡有致地画了起来。日间取出观看，虽然算不上完整的画，但花叶错落有致，别有一番月下之趣。芸非常宝贝这幅画。众人也都在画上留有题咏。

　　苏城有南园、北园二处，菜花黄时，苦无酒家小饮；携盒而往，对花冷饮，殊无意味。或议就近觅饮者，或议看花归饮者，终不如对花热饮为快。众议未定，芸笑曰："明日但各出杖头钱，我自担炉火来。"众笑曰："诺。"众去，余问曰："卿果自往乎？"芸曰："非也。妾见市中卖馄饨者，其担锅灶无不备，盍雇之而往？妾先烹调端整，到彼处再一下锅，茶酒两便。"余曰："酒菜固便矣。茶乏烹具。"芸曰："携一砂罐去，以铁叉串罐柄，去其锅，悬于行灶中，加柴火煎茶，不亦便乎？"余鼓掌称善。街头有鲍姓者，卖馄饨为业，以百钱雇其担，约以明日午后，鲍欣然允议。明日看花者至，余告以故，众咸叹服。饭后同往，并带席垫，至南园，择柳阴下团坐。先烹茗，饮毕，然后暖酒烹肴。是时风和日丽，遍地黄金，青衫红袖，越阡度陌，蝶蜂乱飞，令人不饮自醉。既而酒肴俱熟，坐地大嚼。担者颇不俗，拉与同饮，游人见之莫不羡为奇想。杯盘狼藉，各已陶然，或坐或卧，或歌或啸。红日将颓，余思粥，担者即为买米煮之，果腹而归。芸问曰："今日之游乐乎？"众曰："非夫人之力不及此。"大笑而散。

【译文】

　　苏州城有南园、北园两处胜景，菜花黄的时节，苦于附近没有酒家可以小酌；携带食盒前去，对花喝冷酒，也特别没意思。有人提议就近寻找饮酒之处，有人提议看完花回来再饮酒，但终究不如对花喝热酒来得痛快。众人商议未定，芸笑着说："明天大家只管各出酒钱就行，我自会担着炉火过来。"大家笑着说："好！"众人离去后，我问芸："你果真要亲自担着炉火去？"芸说："不是啊，我看见市场上有卖馄饨的，他的担子里锅子、炉灶无不齐备，何不雇他前去呢？我先将酒菜原料准备周全，到了那儿再一下锅，热茶热酒也都有了。"我说："酒菜固然方便，可煮茶却缺少器具。"芸说："带一个砂罐去，用铁叉串在罐柄上，撤下锅后，将砂罐悬挂在炉灶上，加些柴火煮茶，不也很方便吗？"我鼓掌叫好。街头有个姓鲍的，以卖馄饨为生计，用一百文钱雇了他，约定明日午后担来锅灶与砂罐，姓鲍的很高兴地答应了。第二天，看花的诸位到了，我告诉他们事情缘由，众人都深表叹服。午饭后一同出发，带上席垫，到达南园，选在柳荫下团团围坐。先煮茶水，饮完茶后，再暖酒热菜。这时风和日丽，遍地油菜花一片金黄，青衫红袖，穿行于田间小路上，四周蜂飞蝶舞，令人不饮自醉。不一会儿，酒菜都烫热温熟，众人坐在草地上大饮大嚼起来。姓鲍的担者也很不俗，拉他过来一起饮酒，游人见了，无不称羡我们这一奇思妙想。一番杯盘狼藉之后，众人都已飘飘然了，有的坐着有的躺着，有的唱歌有的长啸。红日将要落山时，我很馋粥的味道，姓鲍的立即去买米来煮粥，吃得饱饱的才回去。芸问："今天玩得开心吗？"众人都说："若不是夫人的智慧和功劳，不可能这么开心啊！"众人大笑而散去。

贫士起居服食，以及器皿房舍，宜省俭而雅洁。省俭之法曰"就事论事"。余爱小饮，不喜多菜。芸为置一梅花盒，用二寸白磁深碟六只，中置一只，外置五只，用灰漆就，其形如梅花。底盖均起凹楞，盖之上有柄如花蒂，置之案头，如一朵墨梅覆桌；启盖视之，如菜装于花瓣中。一盒六色，二三知己可以随意取食。食完再添。另做矮边圆盘一只，以便放杯箸酒壶之类，随处可摆，移掇亦便。即食物省俭之一端也。余之小帽领袜皆芸自做，衣之破者移东补西，必整必洁，色取暗淡以免垢迹，既可出客，又可家常。此又服饰省俭之一端也。

【译文】

　　贫寒之士的起居、服饰、饮食，以及器皿、房屋，应该俭省而雅洁。俭省的方法叫作"就事论事"。我喜欢喝点小酒，不喜欢很多菜。芸为我置备了一个梅花盒：用两寸大小的白瓷深碟六个，盒子中间摆放一个，周围摆放五个，用灰漆漆好，形状正像一朵梅花。底部和盒盖都做出凹楞，盒盖上有像花蒂一样的手柄，放在案头，就如一朵墨梅覆盖在桌上；打开盖子细看，仿佛菜肴装在梅花瓣中。一盒装六个品种的菜，两三知己可以随意取用，吃完再添。另做矮边圆盘一只，以便放杯、筷、酒壶之类，随处可摆，挪移拾掇起来也很方便。这是食物俭省的一个方面吧。我的小帽、领子、袜子都是芸自己做的，衣服破了，移东补西，但必定干净整洁，衣服颜色都选比较暗淡的，以免污垢痕迹显露，既适合出门做客，又可居家穿着。这又是服饰省俭的一个方面吧。

　　初至萧爽楼中嫌其暗，以白纸糊壁，遂亮。夏月楼下去窗，无阑干，觉空洞无遮拦。芸曰："有旧竹帘在，何不以帘代栏？"余曰："如何？"芸曰："用竹数根黝黑色，一竖一横，留出走路。截半帘搭在横竹上，垂至地，高与桌齐。中竖短竹四根，用麻线扎定，然后于横竹搭帘处，寻旧黑布条，连横竹裹缝之。既可遮拦饰观，又不费钱。"此"就事论事"之一法也。以此推之，古人所谓竹头木屑皆有用，良有以也。

　　夏月荷花初开时，晚含而晓放。芸用小纱囊撮茶叶少许，置花心。明早取出，烹天泉水泡之①，香韵尤绝。

【注释】
　　① 天泉水：指雨水。

【译文】
　　刚到萧爽楼时嫌房间太暗，用白纸糊墙，就明亮了。夏天，楼下的窗户都拆了，没有栏杆，觉得空洞没有遮拦。芸说："有旧竹帘在，何不用竹帘来替代栏杆呢？"我问："怎么替代呢？"芸说："用几根黝黑色的竹子，一竖一横，留出走路的空间。截取半幅竹帘搭在横竹竿上，垂到地面，高度与桌面齐平，中间竖短竹竿四根，用麻线扎好固定，然后在横竹竿搭竹帘的地方，找些旧的黑布条，连着横竹竿一起裹起来缝好。既可以遮拦做装饰，又不费钱。"这也是"就事论事"的方法之一吧！以此推论，古人所说的竹头木屑都有用处，真是如此啊！

夏季荷花初开时，夜晚含着花苞而拂晓盛开。芸便用小纱囊包上少许茶叶，放进荷花心里。第二天早晨取出，用雨水烹泡，香韵尤其妙绝！

卷三　坎坷记愁

　　人生坎坷何为乎来哉？往往皆自作孽耳，余则非也。多情重诺，爽直不羁，转因之为累。况吾父稼夫公，慷慨豪侠，急人之难，成人之事，嫁人之女，抚人之儿，指不胜屈，挥金如土，多为他人。余夫妇居家，偶有需用不免典质^①，始则移东补西，继则左支右绌^②。谚云："处家人情，非钱不行。"先起小人之议，渐招同室之讥^③。"女子无才便是德"，真千古至言也！

　　余虽居长而行三，故上下呼芸为"三娘"；后忽呼为"三太太"^④。始而戏呼，继成习惯，甚至尊卑长幼，皆以"三太太"呼之。此家庭之变机欤^⑤？

【注释】
　　① 典质：抵押东西换钱，可在期限内赎回。
　　② 左支右绌(chù)：顾此失彼，穷于应付。
　　③ 同室：家庭内部。
　　④ 三太太：明代中丞以上官员之妻始称太太，沈复是平民，却称其妻为太太，这就含有讥笑之意，所以后面说"此家庭之变机欤"。
　　⑤ 变机：转机，变乱的征兆。

【译文】

　　人生的坎坷从何而来的呢？往往都是自己作孽罢了，而我却不是这样啊。我富于感情，重视承诺，豪爽正直，不受拘束，却转而为此受牵累。况且我父亲稼夫公，慷慨豪侠，急人所难，成人之美，帮助别人送女出嫁，资助别人抚育儿子，这类事屈指难数，挥金如土，都是为着他人。我们夫妇居家，偶有开销，还不免要去典当抵押，起初还能拆东墙补西墙，之后就顾了这头顾不了那头。谚语说："居家度日应酬人情，没有钱不行。"起先还只是引来小人非议，渐渐也遭到家庭内部的讥讽。"女子无才便是德"，真是千古的至理名言啊！

　　我虽是长子，但族中排行老三，所以家中上下都称呼芸为"三娘"；后来却忽然称她为"三太太"。开始只是开玩笑地称呼，后来就成了习惯，甚至不论尊卑长幼，都以"三太太"称呼她。这难道不是家庭变故的先兆吗？

　　乾隆乙巳①，随侍吾父于海宁官舍②。芸于吾家书中附寄小函。吾父曰："媳妇既能笔墨，汝母家信付彼司之。"后家庭偶有闲言，吾母疑其述事不当，仍不令代笔。吾父见信非芸手笔，询余曰："汝妇病耶？"余即作札问之，亦不答。久之，吾父怒曰："想汝妇不屑代笔耳！"迨余归，探知委曲，欲为婉剖。芸急止之曰："宁受责于翁，勿失欢于姑也。"竟不自白。

【注释】

　　① 乙巳：清乾隆五十年(1785)。

　　② 海宁：在浙江嘉兴南部，也称盐官。

【译文】

乾隆五十年，我随侍父亲在海宁官舍。芸在寄给我的家书内，附夹了她的小信函。我父亲说："媳妇既然能写文章，你母亲的家信就叫她代写吧。"后来家庭内部偶有闲言，我母亲怀疑是芸叙事不妥当，便不再让她代笔。父亲见来信不是芸的笔迹，问我说："你妻子病了吗?"我立即去信问她，也没得到回答。时间久了，我父亲发怒说："想来是你妻子认为不值得代笔罢了!"等我回家后，探清了其中的原由委屈，想为芸做些婉转的解释。芸急忙阻止道："宁愿受公公的责怪，也不愿失去婆婆的欢心。"最终也没有为自己辩白。

庚戌之春①，予又随侍吾父于邗江幕中②。有同事俞孚亭者，挈眷居焉。吾父谓孚亭曰："一生辛苦常在客中，欲觅一起居服役之人而不可得。儿辈果能仰体亲意，当于家乡觅一人来，庶语音相合。"孚亭转述于余，密札致芸，倩媒物色，得姚氏女。芸以成否未定，未即禀知吾母。其来也，托言邻女之嬉游者。及吾父命余接取至署，芸又听旁人意见，托言吾父素所合意者。吾母见之曰："此邻女之嬉游者也，何娶之乎?"芸遂并失爱于姑矣。

【注释】

① 庚戌：清乾隆五十五年(1790)。
② 邗(hán)江：在今江苏扬州东南，亦作扬州的古称(或代称)。

【译文】

乾隆五十五年春天，我又随侍父亲在扬州幕府中。有位同事叫俞孚亭，带着家眷住在这里。我父亲对孚亭说："我一生辛苦常在异地客居之中，想寻找一个能服侍起居的人而不可得。儿辈如真能体察我的心意，应当在家乡找一个人来，或许语音还能相通。"孚亭将此事转告了我，我就写了封密信给芸，让她请媒人物色，后来找到了一个姓姚的女子。芸因为能否成事还没有把握，就没有马上禀告我母亲。等姚姓女子来了，芸托词说是邻家女儿过来游戏玩耍的。等父亲命我接她到官署后，芸又听旁人意见，托词说这女子是父亲本来就中意的。后来我母亲见到了姚姓女子，说："这不是当初过来游玩的邻家女吗，为什么老爷娶的是她呢？"芸就这样失去了婆婆的欢心。

　　壬子春①，余馆真州②。吾父病于邗江，余往省，亦病焉。余弟启堂时亦随侍。芸来书曰："启堂弟曾向邻妇借贷，倩芸作保，现追索甚急。"余询启堂，启堂转以嫂氏为多事。余遂批纸尾曰："父子皆病，无钱可偿；俟启弟归时，自行打算可也。"未几病皆愈，余仍往真州。芸覆书来，吾父拆视之，中述启弟邻项事③，且云："令堂以老人之病，皆由姚姬而起。翁病稍痊，宜密嘱姚托言思家，妾当令其家父母到扬接取；实彼此卸责之计也。"吾父见书怒甚。询启堂以邻项事，答言不知。遂札饬余曰④："汝妇背夫借债，谗谤小叔，且称姑曰令堂，翁曰老人，悖谬之甚！我已专人持札回苏斥逐。汝若稍有人心，亦当知过！"余接此札，如闻青天霹雳；即肃书认罪，觅骑遄归⑤，恐芸之短见也。到家述其本末，而家人乃持逐书至，历斥多过，言甚决绝。芸泣曰："妾固不合妄言，但阿翁当恕妇女无知耳。"越数日，吾父又有手谕至，曰："我不为已甚。汝携妇别居，勿使我见，免我生气足矣。"乃寄芸于外家。而芸以母亡弟出，不愿往依族中。幸友人鲁半舫闻而怜之，招余夫妇往居其家萧爽楼。越两载，吾父渐知始末。适余自岭南归，吾父自至萧爽楼谓芸曰："前事我已尽知，汝盍归乎？"余夫妇欣然，仍归故宅，骨肉重圆。岂料又有憨园之孽障耶！

【注释】

① 壬子：清乾隆五十七年（1792）。

② 真州：今江苏仪征。

③ 邻项：邻居的款项。

④ 札饬（chì）：写信训斥。

⑤ 遄（chuán）：疾速。

【译文】

乾隆五十七年春天，我在真州坐馆。父亲在扬州患病，我前往探望，也病倒了。我弟弟启堂当时也随侍在扬州。芸来信说："启堂弟曾向邻家妇女借贷，请芸作担保，现迫债很急。"我询问启堂弟，他反而认为是嫂子多事。我就在回信的结尾批道："我们父子都病了，无钱可偿还；等启堂弟回去后，自行处理即可。"没多久我和父亲病都痊愈，我还是回到真州。芸回信到扬州，我父亲拆开看了，信中说到启堂弟向邻家妇女借债的事，并且还说："令堂认为老人的病，都是由姚姓女子引起。老人病稍好后，应当悄悄叮嘱姚姓女子托词想家，我会安排她家父母到扬州接她回去；这实在也是我们彼此卸下责任的办法啊。"父亲看信后怒气冲天。询问启堂弟向邻家妇女借债的事，他却回答说不知道。父亲即来信教训我说："你妻子背着丈夫借债，还谗言诽谤小叔子，并且称婆婆为'令堂'，公公为'老人'，真是悖逆荒谬之极！我已派专人带信回苏州，斥责驱逐她出去。你若稍有点人心，也应当知道自己的过错！"我接到此信后，如闻晴天霹雳；马上恭敬写信认罪，寻找车马急速回家，生怕芸因此而寻短见。到家后述说事情的始末，而家人已拿着驱逐信来到，一一斥责芸的多种过失，言辞非常坚决。芸哭着说："我固然不该妄言，但公公也应该宽恕儿媳妇的无知呀！"过了几天，父亲又有亲笔信到，说："我不做太过分的事。你带着妻子到别处去居住，不要让我看见，免得我生气也就罢了。"于是，我只好与芸寄居在她娘家。而芸因为母亲亡故，弟弟出走在外，不愿意长期依附在家族中。幸好友人鲁半舫得知此事后同情我俩，招我们夫妇住到他家萧爽楼中。过了两年，我父亲渐渐知道了事情的始末。恰好我从岭南回来，父亲亲自来到萧爽楼对芸说："以前的事我已全都知道了，你们何不回家去住呢？"我们夫妇俩非常高兴，仍旧回到故宅，骨肉重新团圆。哪里想到，又有了憨园这么个孽障啊！

芸素有血疾，以其弟克昌出亡不返，母金氏复念子病没，悲伤过甚所致。自识憨园，年余未发，余方幸其得良药。而憨为有力者夺去，以千金作聘，且许养其母，佳人已属沙叱利矣①。余知之而未敢言也。及芸往探始知之，归而呜咽，谓余曰："初不料憨之薄情乃尔也！"余曰："卿自情痴耳。此中人何情之有哉②！况锦衣玉食者未必能安于荆钗布裙也，与其后悔，莫若无成。"因抚慰之再三。而芸终以受愚为恨，血疾大发，床席支离，刀圭无效③。时发时止，骨瘦形销。不数年而逋负日增④，物议日起⑤。老亲又以盟妓一端，憎恶日甚。余则调停中立，已非生人之境矣⑥。

【注释】

①　沙叱利：唐代传奇《柳氏传》中夺走柳氏的番将，此借指夺走憨园者。

②　此中人：指妓院中人。

③　刀圭：古时量取药物的用具，后亦以称医术。

④　逋（bū）负：拖欠的债务；未偿的仇恨。

⑤　物议：众人的议论。

⑥　生人：此指活人。《庄子·至乐》篇有"视子之言，皆生人之累也，死则无此矣"之言。

【译文】

芸素来有血疾，由于她弟弟克昌出走不归，母亲金氏又思子心切而得病去世，芸悲伤过度而落下此病。自结识憨园以来，一年多未发病，我正庆幸她得到了良药。而憨园却被有钱有势的人夺去，对方以千金作聘礼，并且许诺赡养她母亲，佳人已属"沙叱利"了。我知道但不敢对芸说啊。等到芸去探望憨园时方才知道此事，回来哭着对我说："当初真没料到憨园如此薄情啊！"我说："你自己太痴情罢了。妓院中的人，哪能有什么真情！何况习惯了锦衣玉食的女子，未必能安于荆钗布裙的生活啊，与其以后后悔，倒不如不成事为好。"于是我再三抚慰她。可芸终究因为受了愚弄而忍恨不已，血疾大发，病倒在凌乱的床上，医药治疗也无效果。病时发时停，落得骨瘦形销。没几年，原先欠下的仇恨账与日俱增，对芸的非议也日渐而起。老父母亲又因芸结拜妓女这一事端，越来越憎恶她。我则从中调停中立，然而这已不是让人安定生存的环境了。

芸生一女名青君，时年十四，颇知书，且极贤能，质钗典服，幸赖辛劳；子名逢森，时年十二，从师读书。余连年无馆，设一书画铺于家门之内。三日所进，不敷一日所出，焦劳困苦①，竭蹶时形②。隆冬无裘，挺身而过。青君亦衣单股栗^③，犹强曰"不寒"。因是芸誓不医药。偶能起床，适余有友人周春煦自福郡王幕中归，倩人绣《心经》一部^④。芸念绣经可以消灾降福，且利其绣价之丰，竟绣焉。而春煦行色匆匆不能久待，十日告成。弱者骤劳，致增腰痠头晕之疾^⑤。岂知命薄者，佛亦不能发慈悲也！

【注释】

① 焦劳：焦虑，烦劳。

② 竭蹶：匮乏，此指缺钱。 时形：经常出现。

③ 股栗：大腿发抖，形容极度寒冷。

④《心经》：佛经《般若波罗蜜多心经》的简称。"般若"即"智慧"，"波罗蜜多"即"到彼岸"，佛家认为"彼岸"就是阿弥陀佛所住的西方极乐世界，要达彼岸就须有此智慧。

⑤ 痠(suān)：酸痛。

【译文】

芸生有一女名叫青君，时年十四岁，很是知书达理，且极贤惠能干，典当簪钗和衣物，幸亏她辛劳操持；儿子名叫逢森，时年十二岁，跟从老师读书。我连年没有差事，只能在家门口摆一个书画铺子。三日收入，还不够一日开销；经常处于焦虑困苦、经济困难的境地。隆冬没有皮衣御寒，只得硬挺着过。青君也因衣衫单薄而双腿颤栗，还强说不冷。因此芸发誓再也不花医药费了。偶尔芸能起床，恰好我的友人周春煦从福郡王幕府中回来，要请人绣一部《心经》。芸想着绣经既可以消灾降福，而且刺绣的工价又很丰厚，竟然刺绣起来了。而春煦行色匆匆不能久等，芸只用十天时间就绣成了。芸本就虚弱，骤然极度辛劳，使她又新增了腰酸头晕的疾病。岂知芸这个命薄之人，连佛也不能发慈悲佑护她啊！

绣经之后，芸病转增，唤水索汤，上下厌之。有西人赁屋于余画铺之左，放利债为业，时倩余作画，因识之。友人某向渠借五十金①，乞余作保，余以情有难却，允焉，而某竟挟资远遁。西人惟保是问，时来饶舌②，初以笔墨为抵，渐至无物可偿。岁底吾父家居，西人索债，咆哮于门。吾父闻之，召余诃责曰③："我辈衣冠之家，何得负此小人之债！"正剖诉间，适芸有自幼同盟姊适锡山华氏，知其病，遣人问讯。堂上误以为憨园之使，因愈怒曰："汝妇不守闺训，结盟娼妓；汝亦不思习上，滥伍小人。若置汝死地，情有不忍，姑宽三日限，速自为计，迟必首汝逆矣④！"芸闻而泣曰："亲怒如此，皆我罪孽。妾死君行，君必不忍；妾留君去，君必不舍。姑密唤华家人来，我强起问之。"因令青君扶至房外，呼华使问曰："汝主母特遣来耶？抑便道来耶？"曰："主母久闻夫人卧病，本欲亲来探望，因从未登门不敢造次；临行嘱付，倘夫人不嫌乡居简亵⑤，不妨到乡调养，践幼时灯下之言。"盖芸与同绣日，曾有疾病相扶之誓也。因嘱之曰："烦汝速归，禀知主母，于两日后放舟密来。"其人既退，谓余曰："华家盟姊情逾骨肉，君若肯至其家，不妨同行；但儿女携之同往既不便，留之累亲又不可，必于两日内安顿之。"

【注释】

①渠：他。

② 饶舌：唠叨，多嘴。
③ 诃(hē)责：厉声叱责。
④ 首：出首告发。
⑤ 简亵：怠慢不恭。

【译文】

绣完经之后，芸的病情加剧，唤水要汤，家里上下都开始厌烦她。有个西域人租赁了我画铺左边的房子，以放高利贷为生，时常请我作画，因此就认识他了。某位友人向他借五十金，请我作担保，我因为情面难却，就答应了，可友人竟然携带钱财远逃了。西域人只管问责担保人，时常来骚扰，起初我以笔墨抵账，渐渐到了没有东西可以抵偿的窘境。年底，我父亲住在家里，西域人讨债，在门口咆哮。父亲听见后，把我叫去厉声呵责道："我们是世族之家，你怎么会欠这种小人的债？"正在我解释的时候，恰好芸有自幼结拜姊妹后嫁在锡山的华氏，得知芸生病，专派人前来探望。我父母误以为是憨园派来的，于是愈加发怒地说："你妻子不守妇道规矩，与娼妓结拜姊妹；你也不思上进，滥交小人为伍。若置你于死地，我又情有不忍，姑且宽限你三日为限，自己赶紧设法解决，迟了必定向官府告发你忤逆不孝之罪！"芸听了哭着对我说："父亲如此发怒，都是我的罪孽。要是我死了，夫君出走，夫君必然不忍心；要是我留下，夫君离家，夫君也必然不舍。姑且悄悄叫华家人来，我勉强起身问问她。"于是让青君扶芸到房外，叫华家人来问道："是你家主母特地派你来的，还是你顺道而来呢？"华家人说："我家主母久闻夫人卧病在床，本想亲自来探望，但因从未登过门，所以不敢随意造次前来；临走时嘱咐我说，倘若夫人不嫌乡居怠慢不恭，不妨到乡下调养，也好履行幼时在灯下所立的誓言。"原来芸与她当年一起刺绣时，曾立下有疾病要互相扶持的誓言。芸于是嘱咐来人说："麻烦你速速回去，禀告你家主母，于两天后安排小船秘密前来。"华家人走后，芸对我说："华家结拜姐姐与我情谊胜过骨肉亲人，夫君要是肯到她家，不妨一起去吧；只是携带儿女一同前往多有不便，留在家中拖累双亲又不行，必须在两天之内安顿好他们。"

时余有表兄王荩臣一子名韫石，愿得青君为媳妇。芸曰："闻王郎懦弱无能，不过守成之子，而王又无成可守；幸诗礼之家，且又独子，许之可也。"余谓荩臣曰："吾父与君有渭阳之谊①，欲媳青君，谅无不允。但待长而嫁，势所不能。余夫妇往锡山后，君即禀知堂上，先为童媳，何如？"荩臣喜曰："谨如命。"逢森亦托友人夏揖山转荐学贸易。

【注释】

① 渭阳之谊：原指秦康公、晋文公的甥舅情谊。《诗经·秦风·渭阳》："我送舅氏，日至渭阳。"

【译文】

当时我有个表兄王荩臣，有一子名韫石，他家想娶青君作儿媳妇。芸说："听说王郎懦弱无能，不过是个守着祖业过日子的人，而王家又没有家业可守；幸好还算诗礼之家，且又是独子，许配给他也可以吧。"于是我对荩臣说："我父亲与你有甥舅情谊，你如愿娶青君作儿媳妇，想必他不会不答应。但若等青君长大再嫁，我家现在情势恐怕不行。我们夫妇去锡山后，你可禀告堂上二老，让她先作童养媳，如何？"荩臣高兴地说："谨遵命。"儿子逢森也托友人夏揖山转为推荐去学做买卖了。

安顿已定，华舟适至。时庚申之腊二十五日也①。芸曰："孑然出门，不惟招邻里笑，且西人之项无著，恐亦不放，必于明日五鼓悄然而去。"余曰："卿病中能冒晓寒耶？"芸曰："死生有命，无多虑也。"密禀吾父，亦以为然。是夜，先将半肩行李挑下船，令逢森先卧。青君泣于母侧。芸嘱曰："汝母命苦，兼亦情痴，故遭此颠沛。幸汝父待我厚，此去可无他虑。两三年内，必当布置重圆。汝至汝家须尽妇道，勿似汝母。汝之翁姑以得汝为幸，必善视汝。所留箱笼什物尽付汝带去。汝弟年幼，故未令知，临行时托言就医，数日即归，俟我去远告知其故，禀闻祖父可也。"旁有旧妪，即前卷中曾赁其家消暑者，愿送至乡，故是时陪侍在侧，拭泪不已。将交五鼓，暖粥共啜之。芸强颜笑曰："昔一粥而聚，今一粥而散；若作传奇，可名《吃粥记》矣。"逢森闻声亦起，呻曰："母何为?"芸曰："将出门就医耳。"逢森曰："起何早?"曰："路远耳。汝与姊相安在家，毋讨祖母嫌。我与汝父同往，数日即归。"鸡声三唱，芸含泪扶妪，启后门将出。逢森忽大哭，曰："噫，我母不归矣!"青君恐惊人，急掩其口而慰之。当是时，余两人寸肠已断，不能复作一语，但止以"勿哭"而已！青君闭门后，芸出巷十数步，已疲不能行，使妪提灯，余背负之而行。将至舟次，几为逻者所执，幸老妪认芸为病女，余为婿，且得舟子皆华氏工人，闻声接应，相扶下船。解维后②，芸始放声痛哭。是行也，其母子已成永诀矣！

【注释】
　　① 庚申：清嘉庆五年(1800)。
　　② 解维：解开缆绳，指开船。

【译文】

诸事安顿妥当，华家的船恰好抵达。时间是嘉庆五年腊月二十五日。芸说："如此孤单出门，不仅会招致邻居讥笑，而且西域人的欠款还没有着落，恐怕他也不会放行，看来必须在明天五更时悄悄离开。"我说："你正在病中，经得起拂晓的寒气吗？"芸说："死生有命，也不要想那么多了。"我悄悄禀告了父亲，他也认为这样可以。当天夜里，我先将半担行李挑下船，让逢森先睡。青君在她母亲身边哭泣。芸叮嘱她说："你母亲命苦，人又痴情，所以遭遇这般颠沛流离的事情。幸亏你父亲待我很好，此行你可不要多虑。两三年内，必定会设法重新团圆的。你到了婆家后一定要尽妇道，不要像你母亲一样。你的公婆以娶得你为儿媳妇感到荣幸，一定会善待你的。我留下的箱笼杂物全部交你带去。你弟弟年幼，所以没让他知道这些事，临走时只托言说是就医，几天就回来，等我去远了告知他缘由，再禀告你祖父就可以了。"旁边有个过去相识的老仆妇，就是前卷中曾租赁她家房屋消暑的，愿送我们到乡下，所以这时陪侍在一旁，不停地抹眼泪。将近五更了，我们热了粥一起吃着。芸强装出笑容道："昔日为一碗粥相聚，今日以一碗粥离散；如果作为传奇，可以取名为《吃粥记》啊。"逢森听到有声音也起床了，哼着声问："娘要去哪啊？"芸说："娘要出门看病而已。"逢森又问："为什么要起这么早呢？"芸道："路远呀。你与姐姐要乖乖在家，不要讨祖母嫌弃。我和你父亲一起去，几天就回来。"鸡叫三遍，芸含泪扶着老仆妇，打开后门刚要迈步，逢森忽然大哭起来，说："噫！我娘不回来了啊！"青君怕惊醒别人，急忙捂住他的嘴巴安慰他。这时我与芸两人肝肠寸断，已经不能说出一句安慰的话，只能劝说"勿哭"而已。青君关上门后，芸迈出巷子十馀步，已疲惫得不能行走了，让老仆妇提着灯笼，我背起芸继续前行。将到停船处时，还差点被巡逻者扣留，幸亏老仆妇说芸是她生病的女儿，我是她女婿，而且船夫都是华家的工人，听到声音过来接应，才相扶着下了船。解缆开船后，芸开始放声痛哭。这次出行，已成为她们母子永远的诀别了啊！

华名大成，居无锡之东高山，面山而居，躬耕为业，人极朴诚。其妻夏氏，即芸之盟姊也。是日午未之交^①，始抵其家。华夫人已倚门而待，率两小女至舟，相见甚欢。扶芸登岸，款待殷勤。四邻妇人孺子哄然入室，将芸环视，有相问讯者，有相怜惜者，交头接耳，满屋啾啾。芸谓华夫人曰："今日真如渔父入桃源矣^②。"华曰："妹莫笑。乡人少所见多所怪耳。"自此相安度岁。

【注释】

① 午未之交：午时，十一时至十三时；未时，十三时至十五时。此指十三时左右。

② 桃源：此指避世隐居之地。东晋陶渊明作有《桃花源记》。

【译文】

华家主人名叫大成，住在无锡之东高山中，面山而居，以农耕为生，为人极其朴实忠厚。他妻子夏氏，就是芸的结拜姐妹。这天下午一点左右，我们方才抵达他家。华夫人已倚在门口等待，她带着两个小女儿来到船上，彼此相见非常高兴。她们扶着芸登岸，殷勤款待。四邻的妇女小孩哄笑着涌进房间，围着芸仔细打量，有问候的，有怜惜的，交头接耳，满屋叽叽喳喳的声音。芸对华夫人说："今天真像是渔夫进入了桃花源啊！"华夫人说："妹妹莫要见笑，乡下人少见多怪罢了！"自此，我们平安地度过了春节。

至元宵，仅隔两旬而芸渐能起步。是夜观龙灯于打麦场中，神情态度，渐可复元。余乃心安，与之私议曰："我居此非计。欲他适，而短于资，奈何?"芸曰：
"妾亦筹之矣。君姊丈范惠来现于靖江盐公堂司会计^①，十年前曾借君十金，适数不敷^②，妾典钗凑之。君忆之耶?"余曰："忘之矣。"芸曰："闻靖江去此不远，君盍一往?"余如其言。

【注释】
　　① 靖江：在江苏长江北岸，清属常州府。　　盐公堂：管理盐政的衙门。
　　② 不敷：不够。

【译文】
　　到元宵节时，也就仅仅过了二十来天，芸已渐渐能起床走几步了。这天夜里，在打麦场上观赏龙灯，看芸的神情气色，渐渐可以复原了。我这才放下心来，和她私下商议说："我住在这里，也不是个长久之计。想去别处谋事，又缺少资金，怎么办呢?"芸说："我也正在筹划此事呢。你姐夫范惠来现在靖江盐公堂任会计，十年前曾向夫君借十两银子，当时恰好银两不够，我典当了钗子才凑齐。夫君还记得吗?"我说："忘记了啊。"芸说："听说靖江离这儿不远，夫君何不前去呢?"我便听从她的建议出发了。

　　时天颇暖，织绒袍哔叽短褂^①，犹觉其热。此辛酉正月十六日也^②。是夜宿锡山客旅，赁被而卧。晨起趁江阴航船，一路逆风继以微雨。夜至江阴江口，春寒彻骨，沽酒御寒，囊为之罄^③。踌躇终夜，拟卸衬衣，质钱而渡。十九日，北风更烈，雪势犹浓，不禁惨然泪落。暗计房资渡费，不敢再饮。正心寒股栗间，忽见一老翁草鞋毡笠负黄包，入店，以目视余，似相识者。余曰："翁非泰州曹姓耶?"答曰："然。我非公，死填沟壑矣。今小女无恙，时诵公德，不意今日相逢。何逗留于此?"盖余幕泰州时有曹姓，本微贱，一女有姿色，已许婿家，有势力者放债谋其女，致涉讼。余从中调护，仍归所许。曹即投入公门为隶，叩首作谢，故识之。余告以投亲遇雪之由。曹曰："明日天晴，我当顺途相送。"出钱沽酒，备极款洽④。

【注释】

① 哔叽：英文 beige 的音译，指斜纹的机织物，有毛织和棉织两种。

② 辛酉：清嘉庆六年(1801)。

③ 罄(qìng)：尽，空。

④ 款洽：亲密，亲切，融洽。

【译文】

当时天气很暖和，穿着织绒袍哔叽短褂，还觉得有点热。这天正是嘉庆六年正月十六日。当夜投宿在锡山客店，租了条被子睡下。早晨起来，乘坐去江阴的航船，一路逆风加上小雨。夜晚到了江阴江口，只觉春寒刺骨，买了酒来御寒，钱袋为此空了。犹豫了一整夜，打算脱下内衣，典当换钱去渡河。十九日，北风更加凛冽，雪下得很大，不禁惨然落泪。暗自计算住客店和渡河的费用，不敢再饮酒了。正在心寒腿颤之间，忽然看见一位老翁，穿草鞋，戴毡笠，背着个黄包袱，走进客店，眼睛直盯着我看，好像认识我的样子。我问道："老人家莫不是泰州人，贵姓曹吗?"老翁回答说："正是。我要不是恩公，早就死填沟壑啦。如今小女安然无恙，时时念叨恩公的恩德，没想到今日相逢! 您为何逗留在这里呢?"原来我在泰州任幕僚时，有一户曹姓人家，原本家世贫贱，有个女儿很有姿色，已经许配了夫家。有个有势力的以放债来图谋他女儿，致使诉讼公堂。我从中调停保护，使他女儿仍嫁给原来许配的人家。曹翁就投入公门当了差役，曾向我叩头致谢，所以认识了他。我告诉了他投亲遭遇风雪的缘由。曹翁说："明日天晴，我当顺路相送。"又出钱买酒，极其热情地款待了我。

　　二十日晓钟初动，即闻江口唤渡声。余惊起，呼曹同济。曹曰："勿急。宜饱食登舟。"乃代偿房饭钱，拉余出沽。余以连日逗留，急欲赶渡，食不下咽，强啖麻饼两枚。及登舟，江风如箭，四肢发战。曹曰："闻江阴有人缢于靖，其妻雇是舟而往。必俟雇者来始渡耳。"枵腹忍寒①，午始解缆。至靖，暮烟四合矣。曹曰："靖有公堂两处。所访者城内耶？城外耶？"余跟跄随其后，且行且对曰："实不知其内外也。"曹曰："然则且止宿，明日往访耳。"进旅店，鞋袜已为泥淤湿透，索火烘之。草草饮食，疲极酣睡。晨起，袜烧其半。曹又代偿房饭钱。访至城中，惠来尚未起，闻余至，披衣出，见余状惊曰："舅何狼狈至此？"余曰："姑勿问。有银乞借二金，先遣送我者。"惠来以番饼二圆授余②，即以赠曹。曹力却，受一圆而去。余乃历述所遭，并言来意。惠来曰："郎舅至戚，即无宿通③，亦应竭尽绵力；无如航海盐船新被盗，正当盘账之时，不能挪移丰赠，当勉措番银二十圆，以偿旧欠，何如？"余本无奢望，遂诺之。留住两日，天已晴暖，即作归计。

【注释】

　　① 枵(xiāo)腹：空腹，指饥饿。

　　② 饼：旧时对流入中国的外国银元的俗称。

　　③ 宿逋：拖欠的债务。

【译文】

　　二十日晨钟刚响，就听到江口呼唤登船的声音。我被惊醒起床，招呼曹翁一起去渡河。曹说："不急。吃饱了再上船。"于是替我付了房饭钱，还拉我出去买早饭。我因为连日逗留于此，急着想赶渡河，吃不下东西，勉强吃了两个麻饼。等到登船后，江上寒风如箭，冻得我四肢发颤。曹翁说："听说有个江阴人在靖江上吊，他妻子雇下此船前往。所以必须等她来了才开始渡河呢。"我腹中饥饿，忍着寒冷，直到中午才开始解缆出发。到靖江，已是暮烟四起了。曹翁说："靖江有两处公堂。您所要探访的是城内的，还是城外的呢？"我踉踉跄跄跟在他身后，边走边说："实在不知道是城内的还是城外的啊。"曹翁说："既然这样，且先住一晚，明天再前往探访吧。"进了旅店，我的鞋袜已被淤泥湿透，便要来火盆烘烤。草草吃了点东西，疲惫至极，酣然睡去。早晨起来，不料袜子被烧了半截。曹翁又替我偿付了房饭钱。寻访到城中公堂，惠来还没有起床，听说我到了，披衣而出，见到我的样子大吃一惊，问道："舅爷怎么狼狈成这样？"我说："先别问了。有银子求借二两，先给一路送我至此的这位老翁。"惠来拿出番银二圆给我，我就拿来赠给曹翁。曹翁坚决不收，最后只收下一圆便走了。我于是一一叙述连日遭遇，并说明来意。惠来说："舅爷是我最亲的亲人，即使没有以前的欠债，我也应当竭尽微力相助；无奈航海的盐船最近刚被盗，现正是盘点清账之时，不能挪用更多的银两给您，当尽力筹措番银二十圆，以偿还旧债，您看如何？"我本来就没有奢望，就答应了。留下住了两天，天气已转晴暖，便作回家的打算。

　　二十五日仍回华宅。芸曰："君遇雪乎？"余告以所苦。因惨然曰："雪时，妾以君为抵靖，乃尚逗留江口。幸遇曹老，绝处逢生，亦可谓吉人天相矣。"越数日，得青君信，知逢森已为揖山荐引入店。芾臣请命于吾父，择正月二十四日将伊接去。儿女之事粗能了了，但分离至此，令人终觉惨伤耳。

【译文】

　　二十五日，回到华家。芸问："夫君遇到大雪了吗？"我告诉她途中所受之苦。芸惨然道："下雪时，我以为夫君已到达靖江了，没想到你还滞留在江口。幸亏遇到曹老翁，绝处逢生，也可说是吉人自有天相啊！"过了几天，收到青君来信，得知逢森已由夏揖山荐引进店做学徒了。王芾臣也请示了我父亲，择定正月二十四日将她接过门去。儿女的事情也算大体上解决了，但骨肉分离至这般地步，终究教人觉得凄惨伤痛啊！

　　二月初，日暖风和，以靖江之项薄备行装，访故人胡肯堂于邗江盐署。有贡局众司事公延入局①，代司笔墨，身心稍定。至明年壬戌八月②，接芸书曰："病体全瘳。惟寄食于非亲非友之家，终觉非久长之策，愿亦来邗，一睹平山之胜。"余乃赁屋于邗江先春门外，临河两椽。自至华氏接芸同行。华夫人赠一小奚奴曰阿双，帮司炊爨③，并订他年结邻之约。

【注释】

　　① 贡局：管理盐政的衙门。　公延入局：公开招聘。
　　② 壬戌：清嘉庆七年（1802）。

③ 炊爨(cuàn)：烧火做饭。

【译文】

二月初，风和日暖，我用靖江讨还的银两简单备了行装，去扬州盐署拜访老友胡肯堂。有贡局诸位管事官吏一起推荐我入局，代管笔墨文书，身心才稍微安定下来。到第二年嘉庆七年八月，接到芸来信说："病体已经痊愈。只是吃住在非亲非友的家里，觉得终究不是长久之计，我也想来扬州，看看平山的名胜景观。"我便在扬州先春门外租赁了两间临河的屋子。亲自到华家接芸一起过来。华夫人把一个叫阿双的小男仆送给我们，帮着烧火煮饭，两家还订下将来结为邻居的约定。

时已十月，平山凄冷，期以春游。满望散心调摄，徐图骨肉重圆。不满月，而贡局司事忽裁十有五人，余系友中之友，遂亦散闲。芸始犹百计代余筹画，强颜慰藉，未尝稍涉怨尤①。至癸亥仲春②，血疾大发。余欲再至靖江，作将伯之呼③。芸曰："求亲不如求友。"余曰："此言虽是，奈友虽关切，现皆闲处，自顾不遑④。"芸曰："幸天时已暖，前途可无阻雪之虑。愿君速去速回，勿以病人为念。君或体有不安，妾罪更重矣。"

【注释】

① 怨尤：埋怨责怪。

② 癸亥：清嘉庆八年(1803)。

③ 将伯之呼：求助的呼吁，典出《诗经·小雅·正月》："载输尔载，将伯助予！"

④ 不遑：无暇。

【译文】

　　这时已是十月，平山凄清寒冷，只得期待来年春游。满心指望芸散心调养后，再慢慢计划全家骨肉重圆。然而没到一个月，贡局司事忽然裁员十五人，我是友人的友人推荐的，就也被革职赋闲了。芸开始还千方百计地代我筹划，强作笑脸安慰我，没有一丝半点的埋怨责怪。到嘉庆八年仲春，芸血疾大发。我想再到靖江，去向惠来求助。芸说："求亲戚还不如求朋友。"我说："话虽没错，无奈友人虽然关心我们，但现在都闲居在家，自顾不暇啊。"芸说："幸好天气已经变暖，去靖江途中可无须担心大雪阻路。愿夫君速去速回，不要挂念我的病。夫君如有身体不适，我的罪孽就更深重了！"

　　时已薪水不继，余佯为雇骡以安其心，实则囊饼徒步且食且行。向东南，两渡叉河，约八九十里，四望无村落。至更许，但见黄沙漠漠，明星闪闪，得一土地祠，高约五尺许，环以短墙，植以双柏。因向神叩首，祝曰："苏州沈某投亲失路至此，欲假神祠一宿，幸神怜佑。"于是移小石香炉于旁，以身探之，仅容半体，以风帽反戴掩面，坐半身于中，出膝于外，闭目静听，微风萧萧而已。足疲神倦，昏然睡去。及醒，东方已白，短墙外忽有步语声。急出探视，盖土人赶集经此也。问以途。曰："南行十里即泰兴县城，穿城向东南十里一土墩，过八墩，即靖江，皆康庄也。"余乃反身，移炉于原位，叩首作谢而行。过泰兴，即有小车可附。申刻抵靖①，投刺焉②。良久，司阍者曰③："范爷因公往常州去矣。"察其辞色，似有推托。余诘之曰："何日可归?"曰:"不知也。"余曰:"虽一年亦将待之。"
闻者会余意,私问曰:"公与范爷嫡郎舅耶?"余曰:
"苟非嫡者,不待其归矣。"闻者曰:"公姑待之。"越
三日,乃以回靖告,共挪二十五金。雇骡急返。

【注释】
　　① 申刻:午后三时至五时。
　　② 投刺:投递名帖。
　　③ 司阍(hūn)者:守门人。

【译文】
　　当时薪水已经停发,我假装雇了骡子好让芸安心,实际上则
是把饼装在行囊里徒步前行,边吃边走。向东南方向,两渡叉河,
走了约八九十里路,四面张望,都没见村落。到一更后,只见黄
沙漠漠,明星闪闪,找到一座土地祠,高约五尺,四周环绕短墙,
种有两棵柏树。我便向土地神叩头祈祷说:"苏州沈某,投亲迷路
到此,想借神祠住一晚,望神灵怜悯庇佑。"于是,我把小石香炉
移在一旁,将身子探进去,只能容下半截,我便反戴风帽掩住脸
部,半个身子坐在土地祠里,膝盖以下露在外面,闭目静听,只
有微风萧萧而已。我两脚疲惫,精神困倦,昏昏然睡着了。等醒
来时,东方已露曙光,短墙外忽然传来脚步声和说话声。急忙出
祠探视,原来是当地人赶集经过这里。我询问去靖江的路,说:
"往南走十里就是泰兴县城,穿过县城向东南,每十里路有一个土
墩,走过八个土墩就是靖江,一路都是康庄大道啊。"我于是返回
土地祠,将小石香炉移回原处,向土地神叩头拜谢,继续赶路。
过了泰兴,就有顺路小车可搭乘了。下午三五点光景抵达靖江,
我递上名帖求见范惠来。过了很久,守门人说:"范爷因公出差到
常州去了!"观察他的说话神色,似乎有推托之意。我问他说:
"什么时候可以回来?"答说:"不知道啊。"我说:"哪怕是一年,
我也要等他!"守门人领会了我的意思,悄悄问我:"公与范爷是
嫡亲郎舅吗?"我说:"如果不是嫡亲的,就不等他回来了!"守

门人说:"那您姑且等着吧。"过了三天,才告诉我说范惠来回到靖江了,共挪借了二十五两银子给我。于是我雇了骡子急速返家。

　　芸正形容惨变,咻咻涕泣①。见余归,卒然曰:"君知昨午阿双卷逃乎?倩人大索,今犹不得。失物小事,人系伊母临行再三交托,今若逃归,中有大江之阻,已觉堪虞。倘其父母匿子图诈,将奈之何?且有何颜见我盟姊!"余曰:"请勿急。卿虑过深矣。匿子图诈,诈其富有也;我夫妇两肩担一口耳。况携来半载授衣分食,从未稍加扑责②,邻里咸知。此实小奴丧良,乘危窃逃。华家盟姊赠以匪人,彼无颜见卿,卿何反谓无颜见彼耶?今当一面呈县立案,以杜后患可也。"芸闻余言,意似稍释;然自此梦中呓语时呼"阿双逃矣",或呼"憨何负我",病势日以增矣。

【注释】
　　① 咻咻:形容悲伤的样子。
　　② 扑责:打骂责罚。

【译文】
　　回到家里,芸正脸色惨白,哭得气喘吁吁,非常伤心。见我回来,终于说道:"夫君知道昨天中午阿双卷走家里物品逃跑了吗?我请人到处搜寻,至今还没找到。丢了物品是小事,可这孩子是他母亲临走再三交代托付的,如今若是逃回家,途中有大江阻隔,已经让人担忧。倘若他父母藏匿孩子图谋敲诈,那该怎么办啊?况且,我还有什么脸面再见我结拜姐姐!"我说:"请不要着急。你忧虑得太深了。藏匿孩子图谋敲诈,那都是敲诈富裕人家啊；我夫妇俩只有两个肩膀抬着一张嘴罢了。何况带他来这半年，给他吃穿，从没打骂过他，邻里也都知道。这实在是小仆人丧尽天良，趁我们境况危难就偷东西逃跑了。华家结拜姐姐送了这样一个小盗匪，她没脸面见你才对，你怎么反说自己没有脸面见她呢？现在我们应该当面呈报县衙立案，杜绝后患才行啊。"芸听了我这番话，情绪才好像稍微放松了一些；然而，从此她梦里常常说胡话，喊叫："阿双逃跑了！"有时又喊叫："憨园为何辜负我？"病情日益加重了。

  余欲延医诊治。芸阻曰："妾病始因弟亡母丧，悲痛过甚；继为情感，后由忿激。而平素又多过虑，满望努力做一好媳妇，而不能得，以至头眩、怔忡诸症毕备；所谓病入膏肓，良医束手，请勿为无益之费。忆妾唱随二十三年，蒙君错爱，百凡体恤，不以顽劣见弃。知己如君，得婿如此，妾已此生无憾。若布衣暖，菜饭饱，一室雍雍①，优游泉石，如沧浪亭、萧爽楼之处境，真成烟火神仙矣。神仙几世才能修到，我辈何人敢望神仙耶？强而求之，致干造物之忌，即有情魔之扰。总因君太多情，妾生薄命耳！"因又呜咽而言曰："人生百年终归一死。今中道相离，忽焉长别，不能终奉箕帚，目睹逢森娶妇，此心实觉耿耿②。"言已，泪落如豆。余勉强慰之曰："卿病八年。恹恹欲绝者屡矣。今何忽作断肠语耶？"芸曰："连日梦我父母放舟来接，闭目即飘然上下，如行云雾中，殆魂离而躯壳存乎？"余曰："此神不收舍，服以补剂，静心调养，自能安痊。"芸又欷歔曰："妾若稍有生机一线，断不敢惊君听闻。今冥路已近，苟再不言，言无日矣。君之不得亲心，流离颠沛，皆由妾故。妾死则亲心自可挽回，君亦可免牵挂。堂上春秋高矣，妾死，君宜早归。如无力携妾骸骨归，不妨暂厝于此，待君将来可耳。愿君另续德容兼备者，以奉双亲，抚我遗子，妾亦瞑目矣！"言至此，痛肠欲裂，不觉惨然大恸。余曰："卿果中道相舍，断无再续之理。况'曾经沧海难为水，除却巫山不是云'耳③。"芸乃执余手而更欲有言，仅断续叠言"来世"二字。忽发喘，口噤，两目瞪视，千呼万唤，已不能言。痛泪两行，涔涔流溢。既而喘渐微，泪渐干，一灵缥缈，竟尔长逝。时嘉庆癸亥三月三十日也④。当是时，孤灯一盏，举目无亲，两手空拳，寸心欲碎。绵绵此恨，曷其有极！

【注释】
① 雍雍：融洽，和乐。
② 耿耿：心中不宁，烦躁不安。
③ "曾经"二句：语出唐代元稹《离思》诗。
④ 癸亥：清嘉庆八年（1803）。

【译文】
　　我想请医生来诊治，芸阻止道："我的病起初是因弟弟出走、母亲去世，悲伤过度而起；接着是因情感触动，后来又因忿恨激动。而平时又过于多虑，满心指望努力做一个好媳妇，可终不能实现，以至头晕心悸，身上什么病都有；所谓病入膏肓，再好的医生也没办法医治，请不要再为我作无效的花费了。回忆我们夫唱妇随二十三年，承蒙夫君错爱，百般体恤，不因我愚昧无知而抛弃我。有你这样的知己，嫁了你这么好的夫婿，我已此生无憾了！回想以前布衣取暖，蔬菜饭饱，一家和睦，悠游于园林山水之间，像沧浪亭、萧爽楼那样的情境，真成了人间的神仙了！神仙几世才能修到，我是什么人，岂敢奢望当神仙呢？强行索求，以致触犯造物主的忌讳，就有了精神上的困扰。总之，全因夫君太多情，我今生太薄命啊！"芸接着又呜咽着说道："人生百年，终归一死。而今半道相离，忽然就此永别，不能终身服侍夫君，也不能亲眼看到逢森娶妻，实在觉得耿耿于怀啊。"说完，泪珠如豆粒一般流淌下来。我勉强安慰她说："你患病八年，病危的情况也好几次了。今天怎么忽然说出如此伤心断肠的话来呢？"芸说："连日来，梦见我父母放船来接，闭上眼睛就感觉身子飘然上下，仿佛在云雾中游荡，大概魂魄已经离去，只剩躯壳留存在此吧？"我说："这是因为你神不守舍，服用些滋补汤药，静心调养，自然能痊愈的。"芸又抽泣哽咽着说："我要是还稍有一线生机，断不敢让夫君受惊听闻这些。而今黄泉路已近，如再不说，就没有说的时日了。夫君之所以不能得到双亲的欢心，以至流离颠沛，都是因为我的缘故。我死之后，双亲的欢心自然可以挽回，夫君也可以免去牵挂。双亲大人年事已高，我死之后，夫君应当及早回家。如果没有财力携带我的骸骨回乡，不妨暂时在此停柩，等待夫君将来再带我回乡也无妨。愿夫君另外再娶德貌兼备的女子，侍奉双亲，抚育我的孩子，我死也可以瞑目了。"说到这里，芸心痛欲裂，不禁惨然大哭起来。我说："你若真的半道舍我而去，我也断无再娶之理！何况'曾经沧海难为水，除却巫山不是云'啊。"芸于是握着我的手，还想极力说话，却只能断续重复着"来世"二字。忽然，她急速喘气，牙关紧闭，两眼紧紧瞪着我，任我千呼万唤，也再不能开口了。两行悲痛的泪水，从她眼角涔涔流淌下来。不一会儿，喘息声渐渐微弱，眼泪也慢慢流干，一缕魂魄缥缈，竟然长辞于世了。时间是嘉庆八年三月三十日。当时，我面对孤灯一盏，举目无亲，两手空握，寸心欲碎。啊，绵绵此恨，何时才有尽头啊！

承吾友胡肯堂以十金为助，余尽室中所有，变卖一空，亲为成殓。呜呼！芸一女流，具男子之襟怀才识。归吾门后，余日奔走衣食，中馈缺乏①，芸能纤悉②不介意。及余家居，惟以文字相辩析而已。卒之疾病颠连，赍恨以没③，谁致之耶？余有负闺中良友，又何可胜道哉！奉劝世间夫妇，固不可彼此相仇，亦不可过于情笃。语云"恩爱夫妻不到头"，如余者，可作前车之鉴也。

【注释】

① 中馈：家中饮食诸事。

② 纤悉：细微，详尽。

③ 赍(jī)恨：抱憾。

【译文】

　　承蒙我友人胡肯堂相助十两银子，我又将室内所有东西都变卖一空，亲自为芸办理了入殓丧事。呜呼！芸虽然是一介女流，却具有男子的胸怀才识！嫁到我家后，我每日为衣食奔走，家中缺钱，芸能体贴入微，毫不介意。在我闲居家中时，也只是与我辩析赏鉴文章而已。最后疾病缠身，含恨而死，是谁造成的呢？我有负于这位闺中知己的，又怎能诉说得尽呢？奉劝世间夫妇，固然不可彼此视为仇人，但也不可过于恩爱情笃。古话说"恩爱夫妻不到头"，像我这样，可作前车之鉴啊！

　　回煞之期①，俗传是日魂必随煞而归，故房中铺设一如生前，且须铺生前旧衣于床上，置旧鞋于床下，以待魂归瞻顾。吴下相传谓之"收眼光"。延羽士作法②，先召于床而后遣之，谓之"接眚"③。邗江俗例，设酒肴于死者之室，一家尽出，谓之"避眚"；以故有因避被窃者。芸娘眚期，房东因同居而出避，邻家嘱余亦设肴远避。余冀魂归一见，姑漫应之。同乡张禹门谏余曰："因邪入邪，宜信其有，勿尝试也。"余曰："所以不避而待之者，正信其有也。"张曰："回煞犯煞不利生人。夫人即或魂归，业已阴阳有间，窃恐欲见者无形可接，应避者反犯其锋耳。"时余痴心不昧，强对曰："死生有命。君果关切，伴我何如？"张曰："我当于门外守之。君有异见，一呼即入可也。"余乃张灯入室，见铺设宛然，而音容已杳，不禁心伤泪涌。又恐泪眼模糊，失所欲见，忍泪睁目，坐床而待。抚其所遗旧服，香泽犹存，不觉柔肠寸断，冥然昏去。转念待魂而来，何遽睡耶！开目四视，见席上双烛青焰荧荧，缩光如豆，毛骨悚然，通体寒栗。因摩两手擦额，细瞩之，双焰渐起高至尺许，纸裱顶格几被所焚。余正得借光四顾间，光忽又缩如前。此时心舂股粟，欲呼守者进观；而转念柔魂弱魄，恐为盛阳所逼，悄呼芸名而祝之，满室寂然，一无所见。既而烛焰复明，不复腾起矣。出告禹门，服余胆壮，不知余实一时情痴耳。

【注释】

① 回煞：古代迷信之说，按人死时年月干支推算所谓魂气返舍的时间，并说返舍之日有凶煞出现。煞，凶神。

② 羽士：道士，亦称羽人。

③ 接眚(shěng)：亦称"接煞"。丧家请术士招死者之魂还家。

【译文】

　　到了回煞的日子，俗传这一天亡魂必然会随着凶煞归来，所以房中陈设要一如生前，而且必须将生前的旧衣服铺在床上，旧鞋子放在床下，等待亡魂归来观望。吴地相传叫作"收眼光"。请道士作法事，先将亡魂召到床上，随后送走，叫作"接眚"。扬州的风俗习惯，要在死者的房里设酒肴，然后一家人全都出去，叫作"避眚"；因此缘故，还有因避眚而被偷盗的事情。芸娘的眚期，房东因之前与我们一同居住过而出去避开了，邻家嘱咐我设好酒肴后也要远避。我希望芸的灵魂回来一见，姑且随口答应着。同乡张禹门规劝我说："因撞邪而中邪，宁可信其有，千万别尝试啊！"我说："我之所以不避开在此等她，正是相信她会回来啊！"张禹门说："回煞时如触犯了凶煞，会对活着的人不利。夫人即便魂魄归来，也已是阴阳有隔，我担心你想见她面却无法接触形体，应该避开的人反而触犯了魂魄的锋芒啊。"当时我痴心不变，强词道："死生由命。你果真关心我，就陪伴我怎样？"张说："我自当在门外守候。你要是发现有什么异常，呼喊一声我马上进来就行了。"我便点灯进入房内，见铺设宛然如芸生前一样，而音容笑貌已永远见不到了，不禁伤心得泪如泉涌。又怕泪眼模糊，错失自己想见到的，便强忍泪水睁大眼睛，坐在床上等待。抚摸着芸所留下的旧衣服，香泽犹存，不觉柔肠寸断，恍恍惚惚就要昏睡过去。转念一想，我是在等待魂魄归来，怎么能突然睡着呢？睁开眼睛四处张望，只见桌席上的双烛，青色火焰荧荧闪闪，火光缩小如豆粒。我瞬间毛骨悚然，浑身颤抖。赶紧摩擦双手擦拭额头，再仔细看去，双烛火焰渐渐升高至一尺左右，纸裱的顶棚都快被火焰烧到了。我正得以借着烛光四处环顾时，烛光忽然又缩小到先前那样。此时我心跳声像舂米一样，双腿颤栗，想要呼叫守在门外的禹门进来观看；但转念一想，芸的魂魄柔弱，恐怕会被强盛的阳气逼走，于是小声呼唤着芸的名字并为她祝祷，这时满室寂静，什么也没见到。一会儿烛光又明亮起来，但火焰不再腾高了。我出来告诉禹门，他佩服我胆量如此之大，可不知道我实在是一时情痴罢了！

芸没后，忆和靖"妻梅子鹤"语^①，自号梅逸。权葬芸于扬州西门外之金桂山，俗呼郝家宝塔。买一棺之地，从遗言寄于此。携木主还乡^②，吾母亦为悲悼。青君、逢森归来，痛哭成服^③。启堂进言曰："严君怒犹未息，兄宜仍往扬州。俟严君归里，婉言劝解，再当专札相招。"余遂拜母别子女，痛哭一场，复至扬州，卖画度日。因得常哭于芸娘之墓，影单形只，备极凄凉。且偶经故居，伤心惨目。重阳日，邻冢皆黄，芸墓独青。守坟者曰："此好穴场，故地气旺也。"余暗祝曰："秋风已紧，身尚衣单。卿若有灵，佑我图得一馆，度此残年，以待家乡信息。"未几，江都幕客章驭庵先生欲回浙江葬亲，倩余代庖三月，得备御寒之具。封篆出署，张禹门招寓其家。张亦失馆，度岁艰难，商于余；即以馀赀二十金倾囊借之，且告曰："此本留为亡荆扶柩之费，一俟得有乡音，偿我可也。"是年即寓张度岁。晨占夕卜，乡音殊杳。

【注释】

① 和靖：北宋诗人林逋（967—1028），浙江钱塘人，隐居西湖孤山，终身不仕不娶，赏梅养鹤，人称为"梅妻鹤子"。

② 木主：死者的灵牌，也叫"神主"、"牌位"。

③ 成服：按照与死者的亲疏关系，穿上不同的丧服。

【译文】

芸去世后，回忆起林和靖"妻梅子鹤"的话，我就自号梅逸。暂且将芸葬在扬州西门外的金桂山，俗称郝家宝塔。买下可以掩埋一口棺材的地，遵从芸的遗愿把她寄葬在这里。携带着芸的灵牌回到家乡，我母亲也为芸悲悼。青君、逢森回来，痛哭流涕，都穿上丧服。弟弟启堂进言道："父亲的怒气还未平息，兄长最好仍往扬州。等父亲回家后，我婉言劝解，再专门写信请你回来。"于是我拜别母亲，告别子女，痛哭一场，重新回到扬州，卖画度日。也因而得以常去芸娘的墓地上哭泣，形影孤单，极其凄凉。且偶尔经过我和芸曾居住过的房屋，心更伤恸，惨不忍睹。重阳节，相邻的坟墓上草木皆黄，惟独芸的坟墓郁郁青青。守坟人说："这是块好墓穴，所以地气旺盛啊！"我暗暗祝祷道："秋风已紧，可我还穿着单衣，芸你若在天有灵，保佑我谋得一职，度此残年，好等待家乡的消息。"不久，江都幕僚章驭庵先生要回浙江安葬亲人，请我代替他的职位三个月，我这才得以置备了些御寒的衣物。三月后，我封好官印离开衙署，张禹门邀请我住在他家。张也已失业，过年艰难，与我商量；我就把馀下的二十两银子全借给了他，并告诉他："这本是留作护送亡妻灵柩回乡的费用，等到家乡来了消息，你再还我就是了。"那年我就在张禹门家里过年。日夜占卜等待，可是家乡一直杳无音信。

　　至甲子三月接青君信①，知吾父有病，即欲归苏，又恐触旧忿。正趑趄观望间②，复接青君信，始痛悉吾父业已辞世，刺骨痛心，呼天莫及。无暇他计，即星夜驰归。触首灵前，哀号流血。呜呼！吾父一生辛苦，奔走于外，生余不肖，既少承欢膝下，又未侍药床前，不孝之罪，何可逭哉！吾母见余哭，曰："汝何此日始归耶？"余曰："儿之归，幸得青君孙女信也。"吾母目余弟妇，遂默然。余入幕守灵，至七终无一人以家事告，以丧事商者。余自问人子之道已缺，故亦无颜询问。

【注释】
　　① 甲子：清嘉庆九年（1804）。
　　② 赵趄(zī qiè)：犹豫不敢前去。

【译文】
　　到嘉庆九年三月，接到青君来信，得知我父亲病了，本想马上返回苏州，又怕触动父亲的昔日愤怒。正犹豫徘徊观望间，又接到青君来信，才悲痛地获悉父亲已经辞世，顿觉刺骨痛心，呼天莫及。没时间考虑其他，就星夜奔驰而归。跪在父亲灵前，磕头大哭，哀号流血。呜呼！我父亲一生辛苦，奔波在外，生了我这么个不肖儿子，既很少在他膝下令他欢心，又没在他病榻前端汤递药，不孝之罪，罪不可恕！我母亲见我痛哭，问道："你怎么到今天才回来？"我说："儿子能回来，还是幸亏得到您青君孙女的来信啊！"我母亲看了一眼我弟媳妇，就沉默了。我入幕守灵，到"终七"结束也无一人以家事相告，与我商量丧事。我自愧有失为人子之道，所以也没脸再去询问。

　　一日，忽有向余索逋者，登门饶舌。余出应曰："欠债不还，固应催索。然吾父骨肉未寒，乘凶追呼①，未免太甚。"中有一人私谓余曰："我等皆有人招之使来。公且避出，当向招我者索偿也。"余曰："我欠我偿，公等速退！"皆唯唯而去。余因呼启堂谕之曰："兄虽不肖，并未作恶不端。若言出嗣降服②，从未得过纤毫嗣产。此次奔丧归来，本人子之道，岂为争产故耶？大丈夫贵乎自立，我既一身归，仍以一身去耳！"言已，返身入幕，不觉大恸。叩辞吾母，走告青君，行将出走深山，求赤松子于世外矣③。

【注释】

① 凶：此指丧事。

② 出嗣降服：沈复已过继给堂伯父，所以与生父关系降级，因此丧服也降一等。

③ 赤松子：传说中的仙人。《列仙传》：“赤松子者，神农时雨师也。能入火不禁，入水不溺，炎帝少女追之，俱得仙去。”

【译文】

　　一天，忽然有向我追还旧债的人，登门纠缠吵闹。我出去应答说：“欠债不还，固然应该催讨。然而我父亲尸骨未寒，趁着丧事来追债喊叫，未免欺人太甚了吧。”其中有一人悄悄对我说：“我们都是受人指使的。您先出去避一避，我们找指使的人要报酬就是了。”我说：“我的欠债我会还，你们速速离开吧！”众人都唯唯离去。我于是叫来启堂，告诉他说：“兄长我虽然不肖，但并未作恶不端。要说我过继给堂伯父，也从来没有继承一点财产。这次回来奔丧，本是尽做儿子的孝道，哪里是为了和你争夺家产呢？大丈夫贵在自立，我既然孑然一身回来，仍然孑然一身而去！”说完，返身进入灵堂，不禁悲痛大哭。我磕头辞别母亲，又去告别青君，准备出走深山，效仿仙人赤松子隐居世外了。

　　青君正劝阻间，友人夏南薰字淡安、夏逢泰字揖山两昆季寻踪而至，抗声谏余曰：“家庭若此，固堪动忿；但足下父死而母尚存，妻丧而子未立，乃竟飘然出世，于心安乎？”余曰：“然则如之何？”淡安曰：“奉屈暂居寒舍，闻石琢堂殿撰有告假回籍之信①，盍俟其归而往谒之？其必有以位置君也。”余曰：“凶丧未满百日，兄等有老亲在堂，恐多未便。”揖山曰：“愚兄弟之相邀，亦家君意也。足下如执以为不便，西邻有禅寺，方丈僧与余交最善。足下设榻于寺中,何如?"余诺之。青君曰:"祖父所遗房产,不下三四千金,既已分毫不取,岂自己行囊亦舍去耶?我往取之,径送禅寺父亲处可也。"因是于行囊之外,转得吾父所遗图书、砚台、笔筒数件。

【注释】

① 殿撰:宋有集贤殿修撰等官,简称殿撰,明清沿此称状元为殿撰。

【译文】

青君正在劝阻我的时候,友人夏南薰(字淡安)、夏逢泰(字揖山)两兄弟寻得我的踪迹找了过来,他们大声规劝我道:"家里像这样对待你,固然令人忿怒;但足下父亲去世而母亲尚健在,妻子死了而儿子尚未成年,你竟这样飘然离家出走,于心能安吗?"我说:"那又能怎么样呢?"淡安说:"您就受点委屈,暂时住到寒舍,听说石琢堂石状元有告假回乡的信,何不等他回来后前往拜见,他一定有合适的职位可以安排给您的。"我说:"我服丧还不满一百天,兄等有老父母亲在堂,恐怕多有不便。"揖山说:"我们兄弟前来相邀,也是家父的意思啊!足下如果执意以为不便,我家西边相邻有个禅寺,方丈僧与我交情最好。足下可以设榻到寺里居住,怎样?"我答应了。青君说:"祖父所遗留的房产,不少于三四千两银子,父亲既已分毫不取,难道连自己的行李也舍得不要了吗?我去取来,直接送到禅寺里父亲的住处就可以啦。"于是,除了行李之外,我又得到父亲所遗留下来的图书、砚台、笔筒几件物品。

寺僧安置予于大悲阁。阁南向,向东设神像。隔西首一间,设月窗,紧对佛龛,本为作佛事者斋食之地,余即设榻其中。临门有关圣提刀立像^①，极威武。院中有银杏一株，大三抱，荫覆满阁，夜静风声如吼。揖山常携酒果来对酌，曰："足下一人独处，夜深不寐，得无畏怖耶？"余曰："仆一生坦直，胸无秽念，何怖之有？"居未几，大雨倾盆，连宵达旦三十余天。时虑银杏折枝，压梁倾屋，赖神默佑，竟得无恙。而外之墙坍屋倒者，不可胜计，近处田禾，俱被漂没。余则日与僧人作画，不见不闻。七月初，天始霁，揖山尊人号莼芗有交易赴崇明，偕余往，代笔书券得二十金。归，值吾父将安葬，启堂命逢森向余曰："叔因葬事乏用，欲助一二十金。"余拟倾囊与之，揖山不允，分帮其半。余即携青君先至墓所。葬既毕，仍返大悲阁。九月杪，揖山有田在东海永泰沙^②，又偕余往收其息。盘桓两月，归已残冬，移寓其家雪鸿草堂度岁，真异姓骨肉也。

【注释】

　　① 关圣：关羽于明万历时被封为"三界伏魔大帝神威远镇天尊关圣帝君"。

　　② 东海：县名，在江苏北部。

【译文】

　　寺庙僧人将我安置在大悲阁。阁面朝南，朝东设一神像。隔出西面一间，开了个月窗，紧对着佛龛，本是作佛事的人吃斋食的地方，我便设榻住在里面。临门有尊关公提刀站立的塑像，极其威武。院中有一株银杏树，粗大到需三人才能合抱，树荫覆盖整座大悲阁，夜深人静时风声如吼。揖山常带些酒水瓜果来与我对酌小饮，说："足下一人独自居住，夜深失眠时，不会觉得畏惧恐怖吧?"我说:"我一生坦荡正直,胸无邪念,有什么好恐怖的?"住了没几天,就下起倾盆大雨,通宵达旦竟下了三十多天。当时我担心银杏树枝折断,会压塌房梁,房屋倾倒,幸亏神明默默佑护,竟然得以安然无恙。而外面墙塌屋倒的不计其数,附近的田地庄稼,都被淹没了。我则每天与僧人作画,看不见也听不到。七月初,天开始放晴,揖山的父亲(号莼芗)要去崇明做生意,带我同往,因代写书信契约,得了二十两银子。回家时,正值我父亲将要安葬,启堂让逢森对我说:"叔叔因为安葬费用不足,想叫您资助一二十两银子。"我本打算全部给他,可揖山不同意,最后分着资助了一半。我就带着青君先到墓地。安葬完毕后,仍旧回到大悲阁。九月底,揖山在东海永泰沙有田地,又带我前去收租息。逗留了两个月,归来时已是残冬,又移居到他家的雪鸿草堂过年,夏家兄弟真是我的异姓骨肉兄弟啊!

乙丑七月①,琢堂始自都门回籍。琢堂名韫玉,字执如,琢堂其号也,与余为总角交,乾隆庚戌殿元②,出为四川重庆守③,白莲教之乱④,三年戎马,极著劳绩。及归,相见甚欢。旋于重九日,挈眷重赴四川重庆之任,邀余同往。余即叩别吾母于九妹倩陆尚吾家⑤,盖先君故居,已属他人矣。吾母嘱曰:"汝弟不足恃,汝行须努力,重振家声,全望汝也。"逢森送余至半途,忽泪落不已,因嘱勿送而返。舟出京口⑥,琢堂有旧交王惕夫孝廉在淮扬盐署,绕道往晤,余与偕往,又得一顾芸娘之墓。返舟由长江溯流而上,一路游览名胜,至湖北之荆州,得升潼关观察之信⑦,遂留余与其嗣君敦夫眷属等⑧,暂寓荆州,琢堂轻骑减从,至重庆度岁,遂由成都历栈道之任。

【注释】

① 乙丑：清嘉庆十年(1805)。

② 庚戌：清乾隆五十五年(1790)。　殿元：状元别称，因其为殿试一甲第一名而得名。

③ 守：太守。此为知府别称。

④ 白莲教：混合佛教、明教、弥勒教等内容的秘密宗教组织。清嘉庆元年到十年(1796—1805)，川、楚、陕有白莲教大起义。

⑤ 妹倩：妹夫。

⑥ 京口：故址在今江苏镇江。

⑦ 观察：清代道员的俗称。

⑧ 嗣君：原指继位的国君，后以之称太子，又引申尊称人的长子。此指石琢堂之长子。

【译文】

　　嘉庆十年七月，石琢堂才从京城回到家乡。琢堂名韫玉，字执如，琢堂是他的号，与我是童年的好友，是乾隆五十五年的状元，出任四川重庆太守，白莲教动乱中，征战三年，功劳极其卓著。他归来后，我们相见非常高兴。转眼间到了九九重阳日，他带着家眷重赴四川重庆任上，邀我同往。我便去九妹夫陆尚吾家拜别我母亲，因为先父的故居，已属于他人了。我母亲嘱咐说："你弟弟靠不住，你此行须努力，重振家庭的声誉，全指望你了！"逢森送我到半路上，忽然泪流不止，于是我嘱咐他别送了，让他回家去。船出了京口，琢堂有个老友王惕夫举人，在淮扬盐署任职，绕道前往会面，我与他一起前去，得以再次看望了芸娘的墓地。船返回时，由长江逆流而上，一路游览山水名胜，到了湖北荆州，琢堂收到升任潼关观察的信，就留下我和他儿子敦夫及家眷等人，暂时住在荆州，琢堂自己精简行装和随从，到重庆过年，再由成都过栈道去潼关上任。

　　丙寅二月①，川眷始由水路往，至樊城登陆②，途长费巨，车重人多，毙马折轮，备尝辛苦。抵潼关甫三月，琢堂又升山左廉访③，清风两袖，眷属不能偕行，暂借潼川书院作寓。十月杪④，始支山左廉俸，专人接眷，附有青君之书，骇悉逢森于四月间夭亡，始忆前之送余堕泪者，盖父子永诀也。呜呼！芸仅一子，不得延其嗣续耶！琢堂闻之，亦为之浩叹，赠余一妾，重入春梦。从此扰扰攘攘，又不知梦醒何时耳。

【注释】

① 丙寅：清嘉庆十一年（1806）。

② 樊城：今湖北襄樊。

③ 山左廉访：山东巡按。

④ 杪（miǎo）：尽头。此指月末。

【译文】

嘉庆十一年二月，琢堂四川的家眷才由水路前往会合，到樊城上岸，由于路途遥远，耗费巨大，车重人多，马死车折，真是饱尝辛苦。抵达潼关刚三个月，琢堂又升任山东巡按，他为官清廉，家眷不能携带同去，就暂时借住在潼川书院。十月底，他开始领山东巡按的俸禄，派专人来接家眷，还捎来了青君的家书，我惊骇地获悉逢森已于四月间夭亡，这才回想起上次逢森送我时泪流不止的情景，原来是父子永别啊！呜呼！芸只有这一个儿子，再也不能延续她的血脉了啊！琢堂听说后，也为此感慨长叹，后来赠送我一个小妾，又重新进入春梦。从此，人世间的纷乱扰攘，又不知梦醒为何时啊！

卷四　浪游记快

　　余游幕三十年来①，天下所未到者，蜀中、黔中与滇南耳，惜乎轮蹄征逐处处随人，山水怡情云烟过眼，不过领略其大概，不能探僻寻幽也。余凡事喜独出己见，不屑随人是非，即论诗品画，莫不存人珍我弃、人弃我取之意。故名胜所在贵乎心得，有名胜而不觉其佳者，有非名胜而自以为妙者，聊以平生所历者记之。

【注释】
　　① 游幕：离乡在官署中任幕僚。

【译文】
　　我当幕僚游宦三十年来，天下所没有到过的地方，只有四川中部、贵州中部与云南南部而已，可惜车轮马蹄四处奔波之间，处处都是跟随别人，山水的怡情悦目，就如云烟般在眼前飘逝，只不过是领略大概，并不能尽兴探寻到幽僻的妙境。我凡事都喜欢提出自己的见解，不屑于跟随别人评定是非，即使论诗品画，也都抱着别人珍爱我舍弃、别人舍弃我留取的态度。所谓评定名胜的标准，贵在心有所得，有些虽是名胜，但我不觉得它有什么妙处；有些虽非名胜，却自以为妙不可言。在此姑且将我平生所游历的地方一一记下。

余年十五时，吾父稼夫公馆于山阴赵明府幕中^①，有赵省斋先生名传者，杭之宿儒也，赵明府延教其子，吾父命余亦拜投门下。暇日出游，得至吼山^②，离城约十余里，不通陆路。近山见一石洞，上有片石横裂欲堕，即从其下荡舟入，豁然空其中，四面皆峭壁，俗名之曰水园。临流建石阁五椽，对面石壁有"观鱼跃"三字。水深不测，相传有巨鳞潜伏。余投饵试之，仅见不盈尺者出而唼食焉。阁后有道通旱园，拳石乱矗，有横阔如掌者，有柱石平其顶而上加大石者，凿痕犹在，一无可取。游览既毕，宴于水阁，命从者放爆竹，轰然一响，万山齐应，如闻霹雳声。此幼时快游之始。惜乎兰亭、禹陵未能一到^③，至今以为憾。

【注释】

①山阴：今浙江绍兴。　明府：对县令的尊称。

②吼山：在绍兴东，相传春秋时越国大夫范蠡为复兴社稷。于此山养狗、猎鹿，以献吴王，因名狗山，日久讹为吼山。

③兰亭：在绍兴西南兰渚山下。晋王羲之曾与四十一位名士在此会饮，作《兰亭序》记之。　禹陵：夏禹的陵墓，在绍兴会稽山上。相传禹南巡至会稽而亡。

【译文】

我十五岁那年，父亲稼夫公在山阴赵明府中任幕僚。有一位赵省斋先生，名传，是杭州素有名望的儒士，赵明府延请他教授自己的孩子，我父亲叫我也投拜在他门下。闲暇的日子里我们外出游玩，来到吼山，离城约有十多里，陆路不通。在近山处看见一个石洞，顶上有片状石块横向裂开，像要坠落的样子，我们就从石块下面划船进去，里面豁然空阔，四面都是悬崖峭壁，俗名叫作"水园"。临水建有五间石阁，对面石壁上有"观鱼跃"三字。水深不可测，相传有巨大的鱼潜伏其中。我投下鱼饵来试探，仅见长不足一尺的鱼儿跃出水面来争食。石阁后面有条路通往旱园，园内假山凌乱矗立，有横阔如手掌的，有柱石顶端平坦而上面加垒大石头的，人工雕凿的痕迹还在，毫无可取之处。游览完毕，我们在水阁里摆宴席，还让随从燃放爆竹，只听轰然一响，千山万壑一齐回应，好像听到打雷声一般。这是我幼年快意之游的开端。可惜兰亭、禹陵没能去过，至今还觉得遗憾。

至山阴之明年，先生以亲老不远游，设帐于家。余遂从至杭，西湖之胜因得畅游。结构之妙，予以龙井为最①，小有天园次之②。石取天竺之飞来峰③，城隍山之瑞石古洞。水取玉泉④，以水清多鱼，有活泼趣也。大约至不堪者，葛岭之玛瑙寺⑤。其馀湖心亭、六一泉诸景⑥，各有妙处，不能尽述；然皆不脱脂粉气，反不如小静室之幽僻，雅近天然。

【注释】
　　①龙井：在杭州西湖西南风篁岭上，以产茶著名。
　　②小有天园：在杭州南屏山上，可尽览西湖山水，为西湖二十四景之一。
　　③天竺：山名，在杭州西面。　飞来峰：又称"灵鹫峰"，相传此山很像天竺国的灵鹫山，不知何以飞来，故名。
　　④玉泉：在西湖西北玉泉山麓。
　　⑤葛岭：在西湖北面，相传晋人葛洪曾在此炼丹，故名。
　　⑥湖心亭：在西湖中。　六一泉：在孤山下，因欧阳修（号六一）曾在此居住而名。

【译文】

　　到山阴的第二年，赵先生因为双亲年老而不宜远游，所以在杭州家中设馆授徒。我于是跟随他到了杭州，西湖的胜景因此得以饱览畅游。这些景观中，若论结构的精妙，我认为龙井为第一，小有天园为第二。山石的奇妙，则首选天竺的飞来峰、城隍山的瑞石古洞。水景最佳的，要数玉泉，因为池水清澈鱼儿多，有活泼的意趣啊。大概最不值得看的，就是葛岭的玛瑙寺了。其馀像湖心亭、六一泉等景致，各有各的妙处，不能一一说尽；但还是都脱不开脂粉气，反不如小静室的幽雅僻静，雅趣接近于天然。

　　苏小墓在西泠桥侧①，土人指示，初仅半丘黄土而已。乾隆庚子②，圣驾南巡曾一询及。甲辰春③，复举南巡盛典，则苏小墓已石筑其坟，作八角形，上立一碑，大书曰"钱塘苏小小之墓"。从此吊古骚人，不须徘徊探访矣！余思古来烈魄贞魂湮没不传者，固不可胜数，即传而不久者亦不为少；小小一名妓耳，自南齐至今，尽人而知之，此殆灵气所钟，为湖山点缀耶？

　　桥北数武有崇文书院④，余曾与同学赵缉之投考其中。时值长夏，起极早，出钱塘门，过昭庆寺，上断桥⑤，坐石阑上。旭日将升，朝霞映于柳外，尽态极妍。白莲香里，清风徐来，令人心骨皆清。步至书院，题犹未出也。午后缴卷。偕缉之纳凉于紫云洞，大可容数十人，石窍上透日光。有人设短几矮凳，卖酒于此。解衣小酌，尝鹿脯甚妙，佐以鲜菱雪藕，微酣，出洞。缉之曰："上有朝阳台，颇高旷，盍往一游？"余亦兴发，奋勇登其巅，觉西湖如镜，杭城如丸，钱塘江如带，极目可数百里，此生平第一大观也。坐良久，阳乌将落，相携下山，南屏晚钟动矣⑥。韬光、云栖路远未到⑧。其红门局之梅花⑦，姑姑庙之铁树，不过尔尔。紫阳洞予以为必可观，而访寻得之，洞口仅容一指，涓涓流水而已。相传中有洞天，恨不能抉门而入。

【注释】

　①苏小：苏小小，南齐钱塘著名歌妓。　西泠桥：在孤山与苏堤之间。

　②庚子：清乾隆四十五年(1780)。

　③甲辰：清乾隆四十九年(1784)。

　④数武：数步。　书院：古代私人或官府讲学之所，一般选山林名胜之地为院址。清代书院多数成为准备科举的场所或学校。

　⑤断桥：在西湖白堤上。"断桥残雪"为西湖十景之一。

　⑥南屏晚钟：南屏山在西湖南，有净慈寺，傍晚钟声清越悠扬。"南屏晚钟"亦为西湖十景之一。

　⑦韬光：在杭州北高峰南、灵隐寺西北的巢枸坞，因唐代高僧韬光在此结庵说法得名。　云栖：杭州五云山之西的山坞内，相传古时因有五色彩云飞集坞中而得名。

　⑧红门局：西湖景点之一。

【译文】

　苏小小的墓在西泠桥旁，当地人指给我看，说一开始仅仅是半堆黄土而已。乾隆四十五年，乾隆皇帝南巡到杭州时，曾有一次问到。乾隆四十九年春天，乾隆皇帝再次举行南巡盛典时，苏小小墓已用石头砌筑成坟墓，呈八角形，上面立了一块碑，大字刻着"钱塘苏小小之墓"。从此，凭吊古迹的骚人墨客，就无须左右徘徊四处探访了！我想，自古以来被湮没而没能流传的忠烈魂魄，本来就不可胜数，即使流传而不能久远的也不在少数；苏小小，一介名妓罢了，从南齐到如今，却人尽皆知，这大概就是灵气所聚集的地方，作了西湖山水点缀的缘故吧！

　　桥北数步之处有崇文书院，我曾与同学赵缉之在这里参加考试。当时正值长夏，我们起得极早，出钱塘门，过昭庆寺，上断桥，坐在石栏杆上。旭日将升，朝霞从柳枝外映照进来，柳条尽展美丽娇艳的姿态。白莲花的幽香里，清风徐徐吹拂，令人身心肌骨都觉得格外清爽。我俩步行回到书院时，考题还没有出来。直到午后交了卷。我和缉之去紫云洞纳凉。洞很大，可以容纳几十人，洞顶的石孔里透着阳光。有人摆下小桌和矮凳，在此卖酒。我们解开衣襟喝了点小酒，还品尝了鹿肉干，味道非常美妙，再就着鲜嫩的菱角和雪白的莲藕，一直喝到微醉，方才出洞。缉之说："上面还有朝阳台，很是高旷，我们何不乘兴一游？"我也游兴大发，一起奋勇登上山顶，顿觉西湖如明镜，杭州城如弹丸，钱塘江如练带，极目远眺可达数百里。这是我生平见到的第一大景观啊。坐了很久，夕阳即将落下，我们互相扶持着下山，听到南屏晚钟已经敲响。韬光寺、云栖寺两处，因路远未曾到访。其馀像是红门局的梅花、姑姑庙的铁树，也不过就这样罢了。紫阳洞我原以为肯定值得一看，但寻访到那里，发现洞口仅容一指粗的涓涓流水而已。相传其中别有洞天，真恨不得凿开一道门进去瞧瞧。

　　清明日，先生春祭扫墓，挈余同游。墓在东岳。是乡多竹，坟丁掘未出土之毛笋，形如梨而尖，作羹供客。余甘之，尽其两碗。先生曰："噫！是虽味美而克心血，宜多食肉以解之。"余素不贪屠门之嚼①，至是饭量且因笋而减。归途觉烦躁，唇舌几裂。过石屋洞不甚可观。水乐洞峭壁多藤萝，入洞如斗室，有泉流甚急，其声琅琅。池广仅三尺，深五寸许，不溢亦不竭。余俯流就饮，烦躁顿解。洞外二小亭，坐其中可听泉声。衲子请观万年缸②。缸在香积厨，形甚巨，以竹引泉灌其内，听其满溢，年久结苔厚尺许。冬日不冰，故不损也。

【注释】

① 屠门之嚼：指吃肉。

② 衲(nà)子：僧徒。因僧服常用许多碎布补缀而成，故名。

【译文】

　　清明节那天，赵先生踏春祭祖扫墓，带着我同游。墓地在东岳。那个地方竹子很多，守坟人挖来未出土的毛笋，形状像梨而头尖，用它作成笋羹来招待客人。我喜爱它的味道甘美，一下吃掉两碗。先生说："噫！这笋羹虽然味道甘美但有伤心血，应该多吃些肉食来化解。"我平素不爱吃肉，到这会儿又因吃了笋羹而减少了饭量。归途中只觉得烦躁不安，唇舌几乎都要裂开了。路过石屋洞，觉得没什么好看的。到水乐洞时，只见峭壁上爬满藤萝，进入洞内，宛如斗室，有泉水流动很急，水声琅琅。水池宽仅三尺，深五寸左右，不满溢也不枯竭。我俯身就着泉流便喝，烦躁顿时消解。洞外有两座小亭，坐在其中可听到泉声。僧人又请我们去观看万年缸。缸在香积厨内，形体非常巨大，是用竹管引来泉水灌入缸内，任其满溢流淌，因年深日久，缸壁积下厚厚的青苔，有一尺多厚，冬天因此不结冰，所以缸不会损坏。

　　辛丑秋八月①，吾父病疟返里，寒索火，热索冰。余谏不听，竟转伤寒，病势日重。余侍奉汤药，昼夜不交睫者几一月②。吾妇芸娘亦大病，恹恹在床。心境恶劣，莫可名状。吾父呼余嘱之曰："我病恐不起。汝守数本书，终非糊口计。我托汝于盟弟蒋思斋，仍继吾业

可耳。"越日思斋来，即于榻前命拜为师。未几，得名
医徐观莲先生诊治，父病渐痊，芸亦得徐力起床，而余
则从此习幕矣。此非快事，何记于此？曰：此抛书浪游
之始，故记之。

【注释】
　　① 辛丑：清乾隆四十六年(1781)。
　　② 交睫：上下睫毛相交，指睡觉。

【译文】
　　乾隆四十六年秋八月，我父亲因患疟疾返回家乡，发冷时要
索火取暖，发热时要取冰就寒。我劝谏他也不听，最终转成伤寒，
病情日益严重。我侍奉汤药，几乎一个月昼夜不眠。我妻子芸娘
也得了大病，整天病恹恹地卧床不起。我当时心情恶劣得无法形
容。我父亲叫我过来嘱咐道："我这一病恐怕起不来了。你守着几
本书，终究不是养家糊口的法子。我把你托付给我的结拜兄弟蒋
思斋，你仍旧继承我的事业就可以了。"第二天思斋前来，我父亲
就在病榻前命我拜他为师。不久，经过名医徐观莲先生诊治，父
亲的病渐渐痊愈了，芸也得到徐先生的诊治可以起床了，而我则
从此开始学习当幕僚了。这不是快意之事，为何记述在此呢？答：
这是我抛下书本浪游天下的开始，所以要记下它。

　　思斋先生名襄。是年冬，即相随习幕于奉贤官舍。
有同习幕者，顾姓名金鉴，字鸿干，号紫霞，亦苏州人
也，为人慷慨刚毅，直谅不阿①。长余一岁，呼之为
兄。鸿干即毅然呼余为弟，倾心相友。此余第一知己交
也。惜以二十二岁卒，余即落落寡交。今年且四十有六

矣，茫茫沧海，不知此生再遇知己如鸿干者否？忆与鸿干订交，襟怀高旷，时兴山居之想。重九日，余与鸿干俱在苏。有前辈王小侠与吾父稼夫公唤女伶演剧，宴客吾家。余患其扰，先一日约鸿干赴寒山登高^②，借访他日结庐之地。芸为整理小酒榼^③。越日天将晓，鸿干已登门相邀，遂携榼出胥门^④，入面肆，各饱食。渡胥江^⑤，步至横塘枣市桥^⑥，雇一叶扁舟，到山日犹未午。舟子颇循良，令其籴米煮饭。余两人上岸，先至中峰寺。寺在支硎古刹之南^⑦，循道而上。寺藏深树，山门寂静，地僻僧闲，见余两人不衫不履，不甚接待。余等志不在此，未深入。归舟饭已熟。

【注释】

　　① 直谅：正直诚信。　不阿：不曲从，不逢迎。

　　② 寒山：在苏州西，上有寒山寺。

　　③ 酒榼（kē）：盛酒的器具。

　　④ 胥门：苏州城西南门。

　　⑤ 胥江：苏州西城墙外的河。

　　⑥ 横塘：在吴县西南，为经贯南北之大塘，旧时有横塘桥，上有亭，颜曰"横塘古渡"。

　　⑦ 支硎古刹：支硎山上的古寺庙。支硎山，在苏州西，晋代高僧支遁曾隐于此山，山有平石如硎（磨刀石），故名。

【译文】

　　思斋先生名襄。这年冬天，我便跟随他在奉贤官舍学当幕僚。有个一起学当幕僚的，姓顾名金鉴，字鸿干，号紫霞，也是苏州人，为人慷慨刚毅，正直诚信不逢迎。比我大一岁，我称他为兄，鸿干就爽快地称我为弟，我们倾心结交为友。这是我平生第一个知心朋友啊。可惜他二十二岁就辞世了，我从此就很少再与人交心。今年都已经四十六岁了,沧海茫茫,不知此生还能再遇见像鸿干那样的知己吗?回想当年与鸿干结为朋友的日子,两人胸怀高远,时常兴起隐居山间的念想。九九重阳日,我和鸿干都在苏州,有位前辈王小侠和我父亲稼夫公请来女伶演戏,在我家大宴宾客。我怕家中闹扰,提前一日就约定鸿干一起去寒山登高,也想借此寻访有朝一日可以建房隐居的地方。芸为我们打理了一只小酒食盒。第二天天将拂晓,鸿干已登门相邀。于是我们携酒食盒出胥门,先进面馆,都吃得饱饱的。然后渡过胥江,步行至横塘枣市桥,雇来一艘小船,抵达寒山时还没到正午。船夫颇为规矩善良,便请他买米煮饭。我们两人上了岸,先到中峰寺。寺在支硎山古刹的南面,沿着山道拾阶而上。寺庙隐藏在树林深处,山门寂静,地方幽僻,僧人悠闲,见我俩衣衫穿戴随意散漫,就没有热情接待。我俩意图本不在此,便没再深入寺里。回到小舟上,饭已香熟。

饭毕,舟子携樏相随,嘱其子守船。由寒山至高义园之白云精舍。轩临峭壁,下凿小池,围以石栏,一泓秋水。崖悬薜荔,墙积莓苔。坐轩下,惟闻落叶萧萧,悄无人迹。出门有一亭,嘱舟子坐此相候。余两人从石罅中入,名一线天,循级盘旋,直造其巅,曰“上白云”。有庵已坍颓,存一危楼,仅可远眺。小憩片刻,即相扶而下。舟子曰:“登高忘携酒樏矣。”鸿干曰:“我等之游欲觅偕隐地耳,非专为登高也。”舟子曰:“离此南行二三里,有上沙村,多人家,有隙地。我有表戚范姓居是村,盍往一游?”余喜曰:“此明末徐俟斋先生隐居处也①。有园闻极幽雅,从未一游。”于是舟子导往。村在两山夹道中。园依山而无石,老树多极纡回盘郁之势。

亭榭窗栏尽从朴素，竹篱茆舍^②，不愧隐者之居。中有皂荚亭，树大可两抱。余所历园亭，此为第一。

【注释】

① 徐俟斋：徐枋（1622—1694），字昭法，号俟斋，明末举人。明亡后隐居不仕，工书画，善诗文。

② 茆舍：即茅舍。

【译文】

吃完饭，船夫携带酒食盒一路相随，并叮嘱他儿子守船。我们从寒山来到高义园的白云精舍。精舍的轩房紧临峭壁，下面凿有一小水池，围有石栏，池中一泓秋水。崖壁上悬满薜荔藤萝，墙上满积青苔。坐在小轩里，只听得落叶萧萧，四周静悄悄地杳无人迹。出门有座亭子，叮嘱船夫坐此等候。我俩便从石缝中进入，这里名为"一线天"，沿着石阶盘旋而上，直登山顶，名为"上白云"。有座庵已坍塌，只存一栋危楼，也仅可远眺。休息片刻，便相扶而下。船夫说："你们登高忘带酒食盒了。"鸿干道："我们来此游览，是想寻找一处能一起隐居的地方罢了，并非专为登高啊。"船夫说："离这里向南行二三里，有个上沙村，有很多人家，也有空地。我有个范姓表亲住在这个村里，何不前往一游？"我大喜道："那可是明末徐俟斋先生的隐居之地啊。听说有个极其幽静雅致的园子，可从没有去游览过。"于是船夫作向导，我们一起前往。村在两山夹道中。园子依山坐落而无怪石，老树大都极尽纡回盘曲之态。亭台、楼榭、窗栏都追求朴素的风格，竹篱茅舍，真不愧是隐士的居所。园中有座皂荚亭，皂荚树大得两人才能合抱。我所游历过的园亭中，这里堪称第一了。

园左有山，俗呼鸡笼山，山峰直竖，上加大石，如杭城之瑞石古洞^①，而不及其玲珑。旁一青石如榻，鸿干卧其上曰："此处仰观峰岭，俯视园亭，既旷且幽，可以开樽矣。"因拉舟子同饮，或歌或啸，大畅胸怀。土人知余等觅地而来，误以为堪舆②，以某处有好风水相告。鸿干曰："但期合意，不论风水。"（岂意竟成谶语！）③酒瓶既罄，各采野菊插满两鬓。归舟日已将没，更许抵家，客犹未散。芸私告余曰："女伶中有兰官者，端庄可取。"余假传母命呼之入内，握其腕而睨之，果丰颐白腻。余顾芸曰："美则美矣，终嫌名不称实。"芸曰："肥者有福相。"余曰："马嵬之祸④，玉环之福安在？"芸以他辞遣之出，谓余曰："今日君又大醉耶？"余乃历述所游，芸亦神往者久之。

【注释】

① 瑞石古洞：即杭州紫阳山（旧名瑞石山）雪风洞。《西湖游览志》卷十二："雪风洞，谽谺曲径，履舄所涉，栩栩然觉有仙风焉。"

② 堪舆：造宅相地，察看风水。

③ 谶(chèn)语：将来会应验的话。因顾鸿干二十二岁而卒，故有此语。

④ 马嵬之祸：杨贵妃名玉环，体丰腴，极得唐明皇宠爱。后"安史之乱"暴发，死于马嵬坡军变中。

【译文】

园子左边有座山，俗称鸡笼山，山峰笔直挺拔，顶上叠加大石头，就如同杭州城的瑞石古洞，只是没有那般精巧玲珑。旁边有一块青石，形似床榻，鸿干躺在上面道："这里仰可观峰岭，俯可视园亭，既空旷又幽静，可以举杯畅饮了。"于是拉来船夫与我们共饮，时而放歌时而长啸，畅饮开怀。当地人得知我们为寻找住地而来，误以为是来勘察风水，便以某处有好风水相告。鸿干说："只求符合心意，不在乎风水。"（岂知竟一语成谶！）酒瓶见底后，我们又各自采来野菊花插满两鬓。回到船上，太阳已快落山了。起更过后我才抵家，客人还没有散去。芸悄悄告诉我说："女戏子中有个叫兰官的，相貌端庄可取。"我假传母亲口令唤她进来，握着她的手腕斜眼观看，果然是面颊丰腴，肌肤白皙细腻。我回头对芸说："美倒是美啊，可终究嫌她名不符实。"芸说："丰满的人有福相。"我说："马嵬坡之祸，杨玉环的福气又在哪呢？"芸赶紧找个托词打发她出去了，对我说道："今天夫君又大醉了吗？"我便将这天的游历一一述说，芸也因此神往了很久。

　　癸卯春①，余从思斋先生就维扬之聘②，始见金、焦面目③。金山宜远观，焦山宜近视，惜余往来其间未尝登眺。渡江而北，渔洋所谓"绿杨城郭是扬州"一语④，已活现矣。平山堂离城约三四里⑤，行其途有八九里。虽全是人工，而奇思幻想，点缀天然，即阆苑瑶池⑥，琼楼玉宇，谅不过此。其妙处在十馀家之园亭合而为一，联络至山，气势俱贯。其最难位置处，出城入景，有一里许紧沿城郭。夫城缀于旷远重山间，方可入画。园林有此，蠢笨绝伦。而观其或亭或台，或墙或石，或竹或树，半隐半露间，使游人不觉其触目，此非胸有丘壑者断难下手。城尽以虹园为首。折而向北，有石梁，曰"虹桥"。不知园以桥名乎？桥以园名乎？荡舟过，曰"长堤春柳"。此景不缀城脚而缀于此，更见布置之妙。再折而西，垒土立庙，曰"小金山"。有此一挡便觉气势紧凑，亦非俗笔。闻此地本沙土，屡筑不成，用木排若干，层叠加土，费数万金乃成。若非商家，乌能如是？

【注释】

　　① 癸卯：清乾隆四十八年（1783）。

　　② 维扬：扬州别称。

　　③ 金：金山，在镇江西北。　焦：焦山，在镇江东北，屹立长江中，与金山对峙，并称金、焦。

　　④ "绿杨城郭是扬州"：语出清代诗人王士禛（号渔洋山人）《浣溪沙》词。

　　⑤ 平山堂：在扬州西北蜀岗大明寺内，北宋欧阳修任知州时修建。

　　⑥ 阆（làng）苑：传说中仙人的居所。

【译文】

　　乾隆四十八年春天，我跟随思斋先生到扬州就聘，才第一次见到了金山、焦山的真面目。金山适宜远观，焦山适宜近看，只可惜我往来其间却从没有登临眺望。渡江而后向北，王渔洋所说的"绿杨城郭是扬州"一语所含的景意，就鲜活灵动地展现于眼前了！平山堂离扬州城大约三四里，走完全程约有八九里，虽然全是人工所造，然而奇思幻想，于天然中作点缀，即使天上的阆苑瑶池、琼楼玉宇，想必也不过如此吧。平山堂的妙处，在于把十多家的园林亭台合而为一，一直联绵延伸至山边，气势浑然贯通。其中最难布置的地方，在于出城进入景观的路上，有一里左右紧沿着城墙。城墙只有点缀在旷远重山之间，才能入画，如果园林旁边有城墙，就蠢笨到极点了。但看平山堂，或亭或台，或墙或石，或竹或树，都在半隐半露之间，使游人不觉得突兀触目，若不是胸中有丘壑的人，是绝对想不到这样布置的。城的尽头，从虹园开始。转弯向北，有座石桥，名为"虹桥"，不知是园以桥来命名，还是桥以园来命名呢？荡舟从桥下穿过，就是"长堤春柳"之景。此景不是点缀在城脚而点缀于此，就更见设计布置的精妙了。再转弯向西，见垒起的土丘上立有一庙，叫"小金山"。有了这一遮挡便觉气势紧凑，也绝非凡俗的设计。听说这里本是沙土，屡次建庙都不成功，后来用若干木排，层层叠加泥土，花费了数万两银子才建成。若不是富商之家，怎能做到这样？

　　过此有胜概楼，年年观竞渡于此，河面较宽。南北跨一莲花桥。桥门通八面，桥面设五亭，扬人呼为"四盘一暖锅"。此思穷力竭之为，不甚可取。桥南有莲心寺，寺中突起喇嘛白塔，金顶缨络，高矗云霄，殿角红墙松柏掩映，钟磬时闻，此天下园亭所未有者。过桥见三层高阁，画栋飞檐，五彩绚烂，叠以太湖石，围以白石栏，名曰"五云多处"，如作文中间之大结构也。过此名"蜀冈朝旭"，平坦无奇，且属附会。将及山，河面渐束，堆土植竹树，作四五曲，似已山穷水尽，而忽豁然开朗，平山之万松林已列于前矣。平山堂为欧阳文忠公所书。所谓淮东第五泉，真者在假山石洞中，不过一井耳，味与天泉同；其荷亭中之六孔铁井栏者，乃系假设，水不堪饮。九峰园另在南门幽静处，别饶天趣，余以为诸园之冠。康山未到，不识如何。

　　此皆言其大概。其工巧处，精美处，不能尽述。大约宜以艳妆美人目之，不可作浣纱溪上观也①。余适恭逢南巡盛典②，各工告竣，敬演接驾点缀，因得畅其大观，亦人生难遇者也。

【注释】
　　①"不可"句：说瘦西湖和平山堂只能算艳妆美人，不能和自然之美人西施相比。浣纱溪，在浙江绍兴南若耶山下，相传西施曾浣纱于此。

② 南巡盛典：指清高宗于乾隆四十九年（1784）南巡事。

【译文】

　　过了这里有座胜概楼，人们年年都在这里观看龙舟竞渡，河面较为宽阔。南北横跨一座莲花桥。桥门通往八面，桥面建有五个亭子，扬州人称其为"四盘一暖锅"。这样的设计是才思穷尽的表现，没什么可取之处。桥南有座莲心寺，寺中一座喇嘛白塔拔地而起，金色塔顶璎络环绕，高耸云霄，殿角的红墙边，有松柏掩映成趣，钟磬之声不时传来，这是天下园亭不曾有过的景观。过了桥可见三层高阁，飞檐画栋，五彩绚烂，旁边用太湖石叠成假山，围起白石栏杆，名为"五云多处"，就像一篇文章中间的大结构。过了这里便是名为"蜀冈朝旭"的地方，平坦无奇，而且有些牵强附会。快到山脚的地方，河面渐渐变窄，河岸堆土种上竹木，使河流形成四五曲弯折，让人觉得似乎已经山穷水尽了，但往前忽然豁然开朗，原来平山堂的万松林已排列于眼前了。"平山堂"这三字是欧阳修题写的。所谓淮东第五泉，真的泉眼隐藏在假山石洞中，不过是一口井罢了，井水味道与雨水相同；而荷花亭中被铁井栏围着的六孔水井，竟是假设的，井水不能饮用。九峰园在南门另外一个幽静的地方，别有一番天然意趣，我认为是诸多园林中最佳的。康山没到过，不知道怎么样。

　　上面这些说的都是平山堂的大概。它的工巧处、精美处，不能一一尽述，大约应该把它看作浓妆艳抹的美人，而不能作为浣纱溪上的西施来观赏。我正好恭逢各州府迎接乾隆南巡盛典，各项工程都已竣工，都在恭敬地预演接驾时的各种装饰细节，因此得以尽情饱览各处景观盛况，这也是人生中很难遇到的啊。

　　甲辰之春①，余随侍吾父于吴江何明府幕中②，与山阴章蘋江、武林章映牧、苕溪顾霭泉诸公同事，恭办南斗圩行宫，得第二次瞻仰天颜。一日，天将晚矣，忽动归兴。有办差小快船，双橹两桨，于太湖飞棹疾驰，吴俗呼为"出水蛮头"，转瞬已至吴门桥，即跨鹤腾空，无此神爽。抵家，晚餐未熟也。吾乡素尚繁华，至此日之争奇夺胜，较昔尤奢。灯彩眩眸，笙歌聒耳③，古人所谓"画栋雕甍"、"珠帘绣幕"、"玉栏干"、"锦步障"④，不啻过之。余为友人东拉西扯，助其插花结彩。闲则呼朋引类，剧饮狂歌，畅怀游览。少年豪兴，不倦不疲。苟生于盛世而仍居僻壤，安得此游观哉！

【注释】

① 甲辰：清乾隆四十九年（1784）。

② 明府：对知府的尊称。

③ 聒（guō）耳：声音喧闹刺耳。

④ 甍（méng）：屋脊，屋栋。 锦步障：锦制的遮避风尘或障蔽内外的屏幕。

【译文】

　　乾隆四十九年春天，我在吴江何明府幕中随侍任幕僚的父亲，与山阴章蘋江、武林章映牧、苕溪顾蔼泉诸先生共事，奉命承办南斗圩行宫的事宜，有幸得以第二次瞻仰天子龙颜。一日，天快黑时，我忽然动了回家的念头。恰好有办差的小快船，双橹两桨，在太湖中飞棹疾驰，吴地俗语称为"出水蛮头"，我乘着它转瞬间就到了吴门桥，即便是骑着仙鹤腾飞，也没有如此神奇爽快吧。到家时，晚饭都还没有煮好呢。我的家乡素来崇尚繁华，到了接驾这天，更是争奇夺艳，比以往更加奢华。灯彩炫目，笙歌闹耳，古人所谓"画栋雕甍"、"珠帘绣幕"、"玉栏干"、"锦步障"诸般景致，有过之而无不及吧。我被友人东拉西扯着，帮他们插花扎彩。稍有空闲就呼朋唤友，豪饮狂歌，放开情怀尽情游览。少年兴致高昂，全然不知疲倦。若是生在太平盛世却住在穷乡僻壤的人，又怎能有如此快意的游乐观赏呢？

是年，何明府因事被议，吾父即就海宁王明府之聘。嘉兴有刘蕙阶者，长斋佞佛，来拜吾父。其家在烟雨楼侧，一阁临河，曰"水月居"，其诵经处也，洁净如僧舍。烟雨楼在镜湖之中①，四岸皆绿杨，惜无多竹，有平台可远眺。渔舟星列，漠漠平波，似宜月夜。衲子备素斋甚佳。至海宁，与白门史心月、山阴俞午桥同事②。心月一子名烛衡，澄静缄默，彬彬儒雅，与余莫逆；此生平第二知心交也，惜萍水相逢，聚首无多日耳。

【注释】

① 镜湖：又名鉴湖，在绍兴会稽山北麓。
② 白门：金陵别称，今南京。　山阴：绍兴别称。

【译文】

这一年，何明府因犯事被弹劾，我父亲随即接受了海宁王明府的聘任。嘉兴有一个叫刘蕙阶的，长年吃斋信佛，曾来拜访过我父亲。他家在烟雨楼旁，有一阁楼临河而建，叫"水月居"，是他念经的地方，像僧舍一样干净。烟雨楼坐落在镜湖之中，四岸都是绿杨，可惜竹子不多，楼上有平台可以远眺。湖面上渔船星罗棋布，湖水平静，烟波浩渺，似乎更适宜于月夜时来观赏。僧人准备的素斋味道非常不错。到海宁以后，父亲与白门史心月、山阴俞午桥共事。史心月有个儿子名烛衡，心地澄静，性格缄默，又彬彬儒雅，与我成为莫逆之交；这是我生平第二个知心朋友啊，可惜我们萍水相逢，相处的日子并不多罢了。

游陈氏安澜园，地占百亩，重楼复阁，夹道回廊。

池甚广，桥作六曲形，石满藤萝，凿痕全掩，古木千章皆有参天之势，鸟啼花落如入深山。此人工而归于天然者，余所历平地之假石园亭，此为第一。曾于桂花楼中张宴，诸味尽为花气所夺，维酱姜味不变。姜桂之性老而愈辣，以喻忠节之臣，洵不虚也。出南门，即大海。一日两潮，如万丈银堤破海而过。船有迎潮者，潮至，反棹相向。于船头设一木招，状如长柄大刀。招一捺，潮即分破，船即随招而入；俄顷始浮起，拨转船头随潮而去，顷刻百里。塘上有塔院，中秋夜曾随吾父观潮于此。循塘东约三十里，名尖山，一峰突起扑入海中。山顶有阁，匾曰"海阔天空"，一望无际，但见怒涛接天而已。

【译文】

　　我在海宁游览了陈氏安澜园，园子占地百亩，有重楼复阁，夹道回廊。园中水池很广阔，池上有六曲形桥，园林山石上爬满藤萝，将人工雕凿的痕迹全掩盖住了，更有古木千棵，都有参天之势，鸟啼花落，恍若步入了深山幽谷。这等虽是人工营造却能回归天然的园林，在我平生所游历过的平地所建假山园亭之中，此园实为第一。我曾在桂花楼中设宴，各种美味全被花香所盖，惟有酱和姜的味道不变。生姜和桂皮的脾性，都是越老越辣，用来比喻忠节之臣，确实不虚啊。

　　出了南门，就是大海。海水一日两次涨潮，就如万丈银堤冲破大海迎面而来。也有迎潮而上的船只，待潮水袭来时，调转船桨迎潮而上。船头设一木牌，形状犹如长柄大刀，迎潮而上时将木牌往下一按，潮水立刻被劈分开来，船身乘机随着木牌冲入潮水；不一会儿就随着浪头浮起，拨转船头随潮水而去，片刻之间便可驶出百里。海边堤岸上有座塔院，中秋之夜曾随我父亲在此观潮。沿着堤岸向东约三十里，有一座尖山，一座孤峰拔地而起扑入海中。山顶上有座阁，匾额题有"海阔天空"四字，登阁远眺，一望无际，只见海面上怒涛翻滚，海天相连而已。

余年二十有五，应徽州绩溪克明府之招①。由武林下"江山船"，过富春山②，登子陵钓台③。台在山腰，一峰突起，离水十馀丈，岂汉时之水竟与峰齐耶？月夜泊界口④，有巡检署⑤。山高月小，水落石出⑥，此景宛然。黄山仅见其脚，惜未一瞻面目。绩溪城处于万山之中，弹丸小邑，民情淳朴。近城有石镜山，由山弯中曲折一里许，悬崖急湍湿翠欲滴，渐高，至山腰，有一方石亭，四面皆陡壁。亭左石削如屏，青色，光润可鉴人形，俗传能照前生。黄巢至此⑦，照为猿猴形，纵火焚之，故不复现。

【注释】
① 徽州：辖境在今安徽省。　绩溪：县名，在安徽东南，辖境在今安徽宣城市。
② 富春山：在浙江桐庐西。
③ 子陵钓台：相传东汉名士严光（字子陵）隐居富春山时，曾在此垂钓。
④ 界口：浙江、安徽交界处。
⑤ 巡检：负责地方治安。
⑥ "山高"二句：为苏轼《后赤壁赋》中语，故下文云"此景宛然"。
⑦ 黄巢（820—884）：唐末农民起义军领袖。

【译文】
我二十五岁那年，接受了徽州绩溪克明府的聘任。从杭州乘坐"江山船"，经过富春山时，登上了严子陵钓台。钓台建在半

山腰，一峰突起，距离水面十多丈。难道汉朝时，这里的水面竟
然与山峰是齐平的吗？月夜时分，我们将船停在浙江与安徽的交
界口岸，那里设有巡检署。苏轼所说"山高月小，水落石出"的
景色，宛然就在眼前。黄山仅见其山脚，可惜未能登山一览全貌。
绩溪城坐落在群山之中，是个弹丸小城，民风淳朴。近小城处有
座石镜山，从山道中弯曲回转走出一里多地，有悬崖急流，一旁
山树苍翠欲滴；渐渐往上走到山腰，有一方石亭，四面都是陡峭
的山壁。亭子左边的石壁好似一块削平的屏风，青色光润，可照
见人影，民间传言能照见自己前世的形象。当年黄巢到此，照见
自己为猿猴形象，便放火烧了它，所以现已不再能照见前世的形
象了。

　　离城十里有火云洞天，石纹盘结，凹凸巉岩，如黄
鹤山樵笔意①，而杂乱无章。洞石皆深绛色。旁有一
庵，甚幽静。盐商程虚谷曾招游，设宴于此。席中有肉
馒头，小沙弥眈眈旁视②，授以四枚。临行以番银二圆
为酬③，山僧不识，推不受。告以一枚可易青钱七百馀
文。僧以近无易处，仍不受。乃攒凑青蚨六百文付之，
始欣然作谢。他日余邀同人携榼再往。老僧嘱曰："曩
者小徒不知食何物而腹泻，今勿再与。"可知藜藿之腹
不受肉味④，良可叹也。余谓同人曰："作和尚者必居
此等僻地，终身不见不闻，或可修真养静。若吾乡之虎
丘山，终日目所见者妖童艳妓，耳所听者弦索笙歌，鼻
所闻者佳肴美酒，安得身如枯木，心如死灰哉！"

【注释】
　　① 黄鹤山樵：元代画家王蒙（1308—1385），字叔明，自号黄鹤山

樵，湖州人，善画山水。

②　小沙弥：小和尚。

③　番银：银圆最初从外国传入，故穷乡僻壤中的僧人不认识。

④　藜藿：两种野菜。

【译文】

　　离绩溪城十里有一处"火云洞天"，那里石头纹路盘绕虬结，山岩陡峭，凹凸险峻，就像王蒙笔下的意境，只是有些杂乱无章。洞中岩石都是深红色的。旁边有座庵很是幽静，盐商程虚谷曾邀我们游览并在此设宴。宴席中有肉馒头，小和尚在旁边紧紧盯着看，我们给了他四个，临走时又以番银二圆作为酬谢，山里和尚不认识番银，推辞不要。我们告诉他一枚银圆可换铜钱七百多文，和尚以附近没有兑换之处为由，仍然不肯接受。于是我们凑齐了六百文铜钱给他，他这才欣然道谢收下了。后来有一天，我又邀请志同道合的朋友携带酒食盒再次前往，老和尚叮嘱道："前次小徒不知吃了什么食物导致腹泻，今天就不要再给他吃了。"可知吃惯了野菜粗饭的肠胃是受不了荤腥肉味的，真是可叹呀。我对朋友说："要做和尚的人，必须住在此等偏僻之地，终身不见繁华，不闻荤腥，或许可以修得道行，养得清静之心。若是在我家乡的虎丘山，终日眼里看到的是妖童艳妓，耳中听到的是笙歌弦乐，鼻子闻到的也是佳肴美酒，又怎能修得身如枯木、心如死灰这般清净的境界呢！"

　　又去城三十里，名曰仁里，有花果会，十二年一举，每举各出盆花为赛。余在绩溪适逢其会，欣然欲往，苦无轿马，乃教以断竹为杠，缚椅为轿，雇人肩之而去。同游者唯同事许策廷，见者无不讶笑。至其地，有庙，不知供何神。庙前旷处高搭戏台，画梁方柱，极其巍焕，近视则纸扎彩画，抹以油漆者。锣声忽至，四人抬对烛大如断柱，八人抬一猪大若牯牛，盖公养十二年始宰以献神。策廷笑曰："猪固寿长，神亦齿利；我若为神，乌能享此？"余曰："亦足见其愚诚也。"入庙，殿廊轩院所设花果盆玩，并不剪枝拗节，尽以苍老古怪为佳，大半皆黄山松。既而开场演剧，人如潮涌而至，余与策廷遂避去。未两载，余与同事不合，拂衣归里。

【译文】

　　再离城三十里，有个叫仁里的地方，有花果会，每十二年举行一次，每次以各家摆出的盆花来竞赛。我在绩溪时，恰逢花果会举行，便兴高采烈想前往观赏，但苦于没有轿马可乘，于是我让人砍了根竹子作轿杠，杠上绑一把椅子当轿子，我坐在椅子上，雇人抬着轿子前去。同游者惟有同事许策廷，路上看见的人无不惊奇大笑。到了仁里，见有座庙，不知供奉何方神灵。庙前空地高搭戏台，画梁方柱，极其巍峨亮丽，走近细看，原来只是纸扎彩画，涂抹上油漆而已。忽有锣声传来，只见四人抬着一对大如断柱的蜡烛，又有八人抬着一头大如牯牛的肥猪，原来是集体饲养了十二年才宰杀了祭献神灵的。策廷笑道："这猪固然长寿，但神灵的牙齿也要够尖利啊。我若是神灵，怎么可能享用得了它？"我说："这也可以看出他们的虔诚是多么地愚昧啊。"进入庙内，见大殿、廊庑、轩台、院落里到处摆设着花果盆玩，这些盆玩并不特意剪枝拗节，都以苍老古怪的形态为佳，大半都是黄山松。接着开场演戏了，游人如潮水般涌来，我与策廷就避开离去了。我在绩溪待了不到两年，因与同事意见不合，感到不悦，便返回故乡了。

　　余自绩溪之游，见热闹场中卑鄙之状不堪入目，因易儒为贾①。余有姑丈袁万九，在盘溪之仙人塘作酿酒生涯，余与施心耕附资合伙。袁酒本海贩，不一载，值台湾林爽文之乱②，海道阻隔，货积本折。不得已，仍为冯妇③。馆江北四年，一无快游可记。

【注释】

① 贾(gǔ)：经商。

② 林爽文(1757—1788)：清台湾农民起义领袖。乾隆五十一年(1786)，清政府镇压天地会，他率众起义，攻克彰化，建立政权，后兵败被俘，五十三年就义于北京。

③ 冯妇：春秋晋人，善搏虎，后成为读书人，偶尔看到虎，又情不自禁地去搏虎。后喻重操旧业。

【译文】

我从绩溪的游历，见到了官场中种种不堪入目的卑鄙行径，于是弃儒经商。我有个姑夫叫袁万九，在盘溪的仙人塘作酿酒生意，我与施心耕投资入伙。袁万九的酒业原靠海上贩运，不到一年，正遇到台湾林爽文起兵造反，海运阻断，货物积压，本钱折损。迫不得已，我只好重操旧业。在江北做了四年幕僚，完全没有愉快的游历可以记录。

迨居萧爽楼，正作烟火神仙。有表妹倩徐秀峰自粤东归①，见余闲居，慨然曰："足下待露而爨，笔耕而炊，终非久计。盍偕我作岭南游？当不仅获蝇头利也。"芸亦劝余曰："乘此老亲尚健，子尚壮年，与其商柴计米而寻欢，不如一劳而永逸。"余乃商诸交游者，集资作本。芸亦自办绣货，及岭南所无之苏酒醉蟹等物，禀知堂上，于小春十日②，偕秀峰由东坝出芜湖口。长江初历，大畅襟怀。每晚，舟泊后，必小酌船头。见捕鱼者罾幂不满三尺③，孔大约有四寸，铁箍四角似取易沉。余笑曰："圣人之教，虽曰'罟不用数'④，而如此之大孔小罾，焉能有获？"秀峰曰："此专为网鳡鱼设也。"见其系以长绳，忽起忽落，似探鱼之有无。未几，急挽出水，已有鳡鱼枷罾孔而起矣。余始喟然曰："可知一己之见，未可测其奥妙！"一日，见江心中一峰突起，四无依倚。秀峰曰："此小孤山也⑤。"霜林中，殿阁参差，乘风径过，惜未一游。

【注释】

① 表妹倩：表妹夫。

② 小春：阴历十月。

③ 罾幂(zēng mì)：渔网。

④ 罟(gǔ)不用数(cù)：语出《孟子·梁惠王上》："数罟不入洿池，鱼鳖不可胜食也。"罟，网。数，细密。

⑤ 小孤山：俗名髻山，在江西彭泽北大江中。

【译文】

等到我借居萧爽楼，正与芸作着烟火神仙之时，有个表妹夫徐秀峰从粤东归来，见我赋闲，感叹道："像你这样等着露水支灶做饭，靠着笔墨工作谋食，终究不是长久之计，何不与我一起出行岭南？应当不只是获点蝇头小利吧。"芸也劝我说："趁现在堂上双亲还健朗，你还正当壮年，与其在柴米油盐上精打细算，苦中作乐，不如一次劳顿，获取长久安逸。"我于是与诸多交游的友人相商，筹了些资金作本钱。芸也自行筹办了刺绣货物，以及岭南所没有的苏酒、醉蟹等物品。禀告堂上双亲后，我于十月十日，与秀峰一起从东坝上船，出芜湖口南下。初次游历长江，心情非常舒畅。每晚船靠岸以后，我们都会在船头小酌。看见捕鱼人的渔网长不到三尺，而网孔大约有四寸，用铁箍箍住四角，似乎是让渔网更容易下沉。我笑着说："圣人虽曾教导说'渔网不要太密'，但这样的大孔小网，怎能捕到鱼呢？"秀峰说："这是专为网鳊鱼设计的。"只见渔网用长绳系着，在水里忽起忽落，似在探测网中有没有鱼。没多久，迅速拉网出水，已见有鳊鱼套在网孔里被提起来了。我这才感叹道："可知自己的浅陋之见，是没法理解其中奥妙的。"一天，见江心有座小山峰突起，而四周全无依傍。秀峰说："这就是小孤山了。"远远望去，小孤山的枫林之中，殿宇楼阁参差错落。可惜船乘风径直驶过，未能一游。

至滕王阁①，犹吾苏府学之尊经阁移于胥门之大马头，王子安序中所云不足信也②。即于阁下换高尾昂首船，名"三板子"，由赣关至南安登陆③。值余三十诞辰，秀峰备面为寿。越日过大庾岭④，山巅一亭，匾曰"举头日近"，言其高也。山头分为二。两边峭壁，中留一道如石巷。口列两碑：一曰"急流勇退"，一曰"得意不可再往"。山顶有梅将军祠，未考为何朝人。所谓岭上梅花，并无一树，意者以梅将军，得名梅岭耶？余所带送礼盆梅，至此将交腊月，已花落而叶黄矣。过岭出口，山川风物，便觉顿殊。岭西一山，石窍玲珑，已忘其名，舆夫曰："中有仙人床榻。"匆匆竟过，以未得游为怅。至南雄⑤，雇老龙船。过佛山镇⑥，见人家墙顶多列盆花，叶如冬青，花如牡丹，有大红、粉白、粉红三种，盖山茶花也。

【注释】

① 滕王阁：在江西南昌赣江边，唐显庆四年（659），唐太宗之弟、滕王李元婴都督洪州时营建，阁以其封号命名。

② 王子安序：指王勃《滕王阁序》。王勃（650—676），字子安，唐代文学家，为"初唐四杰"之一。

③ 赣关：在江西赣县。

④ 大庾岭：五岭之一，在江西、广东交界处，古称塞上，又名梅岭，相传汉武帝时，有庾姓将军筑城岭下，故名。

⑤ 南雄：县名，在广东与江西交界处，今属广东省。

⑥ 佛山镇：在今广东佛山。相传唐在此掘得佛像，故名。

【译文】

到了滕王阁，感觉不过是将我们苏州府学的尊经阁搬到了胥门的牌楼大马头，可见王勃序中所描述的不足为信啊。我们就在阁下换乘了一艘高尾翘首名为"三板子"的船，从赣关到南安登陆。那天正好是我三十岁生日，秀峰还准备了寿面为我庆贺。过了一天翻越大庾岭，山顶有座亭子，匾额上题着"举头日近"四字，形容此山之高。山头一分为二，两边都是峭壁，中间留一条小道，宛如石巷。道口立有两块石碑，一块刻有"急流勇退"，另一块刻有"得意不可再往"。山顶有座梅将军祠，没去考证这位梅将军是哪朝人物。说有岭上梅花，其实并未见到一株梅树，心想，大概是因梅将军才取名梅岭的吧。而我带来准备送礼的梅花盆景，到这里将近隆冬腊月，已经花落叶黄了。翻过梅花岭出了道口，顿觉山川风物大不一样。岭西有一座山，石洞小巧玲珑，我已忘了它的名字，当时挑担的脚夫说："洞中有仙人床榻。"但匆匆而过，没能游览，很是遗憾。到南雄后，我们雇乘了老龙船继续前行。船驶过佛山镇时，望见人家墙顶多摆有盆景花卉，叶如冬青，花似牡丹，有大红、粉白、粉红三种颜色，原来那就是山茶花。

腊月望①，始抵省城，寓靖海门内②，赁王姓临街楼屋三椽。秀峰货物皆销与当道，余亦随其开单拜客，即有配礼者，络绎取货，不旬日而余物已尽。除夕蚊声如雷。岁朝贺节，有棉袍纱套者，不维气候迥别，即土著人物，同一五官而神情迥异。

【注释】

① 腊月望：阴历十二月十五日。
② 靖海门：广州城门。

【译文】

腊月十五，才抵达省城，寄居在靖海门内，租了王姓人家临街的三间楼房。秀峰的货物全都卖给了当地商人，我也跟随他开列清单拜访客商，随即就有想配备礼品的人络绎不绝前来取货，不到十天，货物就销售一空。当地除夕之夜，蚊子声音还嗡嗡如雷。正月初一祝贺新年时，还有人只在棉袍外面罩件纱套的。不仅气候有很大不同，就是当地的居民，虽与我们有相同的五官，但神态表情也有很大差异。

正月既望，有署中同乡三友拉余游河观妓，名曰"打水围"，妓名"老举"。于是同出靖海门，下小艇，如剖分之半蛋而加篷焉。先至沙面①，妓船名"花艇"，皆对头分排，中留水巷以通小艇往来。每帮约一二十号，横木绑定，以防海风。两船之间钉以木桩，套以藤圈，以便随潮长落。鸨儿呼为"梳头婆"，头用银丝为架，高约四寸许，空其中而蟠发于外，以长耳挖插一朵花于鬓，身披元青短袄，着元青长裤，管拖脚背，腰束汗巾或红或绿，赤足撒鞋，式如梨园旦脚；登其艇即躬身笑迎，搴帏入舱。旁列椅杌[2]，中设大炕，一门通艄后。妇呼有客，即闻履声杂沓而出：有挽髻者，有盘辫者；傅粉如粉墙，搽脂如榴火；或红袄绿裤，或绿袄红裤；有着短袜而撮绣花蝴蝶履者，有赤足而套银脚镯者；或蹲于炕，或倚于门，双瞳闪闪，一言不发。余顾秀峰曰："此何为者也？"秀峰曰："目成之后，招之始相就耳。"余试招之，果即欢容至前，袖出槟榔为敬[3]。入口大嚼，涩不可耐，急吐之，以纸擦唇，其吐如血。合艇皆大笑。

【注释】
　　① 沙面：在今广州珠江边，原为一片沙滩，经人工填修后成为一个椭圆形小岛。明代时为管理外商入口的要津，清代为城防重地。
　　② 椅杌(wù)：椅子和凳子。
　　③ 槟榔：南方的一种植物种子，果实椭圆形，橙红色，果皮厚，内含种子，供食用。古代风俗，以槟榔为男女相悦的信物。

【译文】
　　正月十六，官署中有三位同乡友人拉我去游河观妓，称为"打水围"，妓女被称作"老举"。于是一同出靖海门，下小艇，艇的样子就好像切开的半个鸡蛋上加了篷盖。先到沙面，妓船名为"花艇"，都是船头相对分列排开，中间留出水巷以便让小艇往来。每帮约有一二十艘船，用横木绑定相连，以防海风吹散。两船之间钉以木桩，用藤圈套牢，以使船随潮水涨落起伏。老鸨儿称为"梳头婆"，头上戴着银丝架，高约四寸，中间留空，在外圈盘发，再用长长的挖耳勺插一朵花在鬓边，身披深黑色短袄，穿深黑色长裤，裤管直拖到脚背，腰束一条或红或绿的汗巾，赤着脚跋着鞋，那样子就像戏班子里的旦角。登上花艇，她们就弯腰鞠躬笑着迎接，撩起帏帐请我们入舱。两旁排列着椅凳，中间设有大炕，另有一门通向船尾。梳头婆喊了一声"有客"，就听到跋鞋声杂沓而出：有挽着发髻的，有盘着辫子的，有脸上涂粉厚得像墙的，有抹胭脂红得像石榴的；有穿红袄绿裤的，或绿袄红裤的；有穿着短袜却跋着绣花蝴蝶鞋的，也有赤脚套着银脚镯的；有的蹲在炕前，有的倚在门边，双目闪闪，一言不发。我回头问秀峰道："这是在做什么呢？"秀峰说："你看中哪个之后，招呼一下，她就过来陪你啊。"我试着招呼了一个，她果然立即满脸笑容地来到我面前，从衣袖中取出槟榔来送给我吃。我放入口中大嚼，一股涩味让人无法忍受，急忙吐出，用纸擦拭嘴唇，只见吐出的槟榔鲜红如血。整条船的人都大笑起来。

　　又至军工厂，妆束亦相等，维长幼皆能琵琶而已。与之言，对曰："咪？""咪"者，"何"也。余曰："少不入广者，以其销魂耳，若此野妆蛮语，谁为动心哉！"一友曰："潮帮妆束如仙，可往一游。"至其帮，排舟亦如沙面。有著名鸨儿素娘者，妆束如花鼓妇。其粉头衣皆长领，颈套项锁，前发齐眉，后发垂肩，中挽一鬖似丫髻，裹足者着裙，不裹足者短袜，亦着蝴蝶履，长拖裤管，语音可辨；而余终嫌为异服，兴趣索然。秀峰曰："靖海门对渡有扬帮，皆吴妆。君往，必有合意者。"一友曰："所谓扬帮者，仅一鸨儿，呼曰'邵寡妇'，携一媳曰大姑，系来自扬州；馀皆湖广江西人也。"因至扬帮，对面两排仅十馀艇。其中人物皆云鬟雾鬓，脂粉薄施，阔袖长裙，语音了了。所谓邵寡妇者，殷勤相接。遂有一友另唤酒船，大者曰"恒舰"，小者曰"沙姑艇"，作东道相邀，请余择妓。余择一雏年者，身材状貌有类余妇芸娘，而足极尖细，名喜儿。秀峰唤一妓名翠姑。馀皆各有旧交。放艇中流，开怀畅饮，至更许；余恐不能自持，坚欲回寓，而城已下钥久矣。盖海疆之城，日落即闭，余不知也。

【译文】

　　我们又来到军工厂附近的河面，这里妓女的妆束也与沙面相同，只是无论长幼都会弹奏琵琶而已。和她们说话，都回答："哒？""哒"的意思，就是"什么"。我说："人说'少不入广'的意思，是指这地方令人销魂吧，可像她们这样装扮野俗，满口蛮语，谁又会动心呢？"一位友人说："潮州帮妓女妆束美若天仙，可前往一游。"到了潮州帮，见妓女船的排列也和沙面一样。有一位名气较大的老鸨儿叫素娘的，妆束像花鼓戏里的妇人。妓女的上衣都是长立领，脖颈套着项锁，额前留海齐眉，后面长发垂肩，中间挽一个丫髻似的发结，裹足的穿长裙，不裹足的穿短袜，也跐着蝴蝶鞋，拖着长裤管，说话的口音总算能听懂。可我终究还是嫌弃那些怪异的服饰，完全提不起兴趣。秀峰说："靖海门对面的渡口有扬州帮，妓女都还保留吴地妆束。你去那里，一定有合你心意的。"另一友人说："所谓的扬州帮，其实只有一个老鸨儿，人称'邵寡妇'，带了个媳妇叫'大姑'的，是来自扬州；其馀的都是湖广江西人啊。"于是我们来到了扬州帮。河面上对面两排小艇才十多条。船上人物都是云鬟雾鬓，薄施脂粉，阔袖长裙，说话口音清清楚楚。那个叫"邵寡妇"的老鸨殷勤接待了我们。随即就有一位友人另外叫来两艘酒船，大船叫"恒艖"，小船叫"沙姑艇"，他请客招待，请我挑选中意的妓女。我选了一个很年轻的，身材样貌有点像我妻子芸娘，而脚极为尖细，名叫喜儿。秀峰选了一妓名叫翠姑。其馀人等各自有旧相好陪伴。我们乘上这两艘酒船，任船在河中央漂荡，大家开怀畅饮，到一更时分，我怕不能把持自己，坚持要回寓所，然而此时城门已经落锁关闭很久了。原来临海疆域的城市，一到日落就关闭城门，我事先完全不知道。

及终席，有卧而吃鸦片烟者，有拥妓而调笑者。伻头各送衾枕至，行将连床开铺。余暗询喜儿："汝本艇可卧否？"对曰："有寮可居，未知有客否也。"（寮者，船顶之楼。）余曰："姑往探之。"招小艇渡至邵船，但见合帮灯火相对如长廊。寮适无客。鸨儿笑迎，曰："我知今日贵客来，故留寮以相待也。"余笑曰："姥真荷叶下仙人哉！"遂有伻头移烛相引①，由舱后，梯而登，宛如斗室，旁一长榻，几案俱备。揭帘再进，即在头舱之顶，床亦旁设，中间方窗嵌以玻璃，不火而光满一室，盖对船之灯光也。衾帐镜奁，颇极华美。喜儿曰："从台可以望月。"即在梯门之上，叠开一窗，蛇行而出，即后梢之顶也。三面皆设短栏，一轮明月，水阔天空。纵横如乱叶浮水者，酒船也；闪烁如繁星列天者，酒船之灯也；更有小艇梳织往来，笙歌弦索之声杂以长潮之沸，令人情为之移。余曰："'少不入广'，当在斯矣！"惜余妇芸娘不能偕游至此。回顾喜儿，月下依稀相似，因挽之下台，息烛而卧。天将晓，秀峰等已哄然至。余披衣起迎，皆责以昨晚之逃。余曰："无他，恐公等掀衾揭帐耳。"遂同归寓。

【注释】
　　① 伻（bēng）头：仆人。

【译文】

直到宴席终了，有卧倒吸食鸦片烟的，有搂着妓女调笑的，船上的仆人给每位都送来了枕头和被子，即将连起大床拉开铺盖了。我悄悄问喜儿："你们的小船可有睡觉的地方？"喜儿答道："船楼上有间寮房可以睡，只是不知此时是否有客人。"（寮房，是船顶上的阁楼。）我说："那我们姑且前去看一下。"我招了只小艇，渡我们来到邵寡妇的船上，只见全扬州帮的花艇灯火相对，就像一条长廊。船楼上的寮房正好无客。鸨儿邵寡妇笑容满面迎上来道："我就知道今日有贵客来，所以特意留好寮房等着呢。"我大笑着说："姥姥可真是荷叶下的仙人啊！"于是便有仆人手持蜡烛在前面引路，我们从船舱后的梯子登上船顶。寮房非常狭小，靠边放着一张长榻，椅凳几案齐全。掀开帘子再进去，就在头舱的顶上了，床也靠在一旁，中间的方窗镶嵌着玻璃，不用点蜡烛也满室光亮，原来是对面船上的灯光映射了进来。被褥、帷帐、镜奁，都极其精巧华美。喜儿说："从船台上可以望月亮。"便从梯门的上方推开一扇窗，像蛇一样爬行而出，就到后船艄的顶上了。三面都设有短栏杆，一轮明月，水阔天空。纵横交错像乱叶般浮在河面上的，就是酒船；如天上繁星般闪烁排列的，是酒船的灯火；更有小艇穿梭往来，笙歌弦索之声夹杂着涨潮沸腾的涛声，令人为之心动神牵。我说："'少不入广'，当在这里啊！"可惜我妻子芸娘未能随我同游到此。回头看喜儿，月光下竟依稀和芸相似，于是挽着她走下船台，熄灭蜡烛，相拥而睡。天将拂晓时，秀峰等人已哄然而至。我披衣起身相迎，他们都责怪我昨晚单独开溜。我说："不为别的，不过是担心你们来掀被子揭帐子啊！"于是一起返回寓所。

越数日，偕秀峰游海幢寺。寺在水中，围墙若城四周。离水五尺许，有洞，设大炮以防海寇。潮长潮落，随水浮沉，不觉炮门之或高或下，亦物理之不可测者。十三洋行在幽兰门之西①，结构与洋画同。对渡名花地，花木甚繁，广州卖花处也。余自以为无花不识，至此仅识十之六七，询其名，有《群芳谱》所未载者②，或土音之不同欤？海幢寺规模极大。山门内植榕树，大可十余抱，阴浓如盖，秋冬不凋。柱槛窗栏皆以铁梨木为之。有菩提树，其叶似柿，浸水去皮，肉筋细如蝉翼纱，可裱小册写经。

【注释】

① 十三洋行：鸦片战争前广州官府特许经营对外贸易的商行。乾隆时，与西洋各国贸易限于广州一处，业务更为发达。

②《群芳谱》：书名，明王象晋撰，记载各种果木花草的形态特征和栽培方法等。

【译文】

过了几天，我和秀峰同游海幢寺。寺建在水中，围墙如同城墙般环绕着四周。离水面五尺多留有洞口，安放大炮以防御海寇。潮涨潮落，随水浮沉，但并不觉得炮门位置有高有低，也是按事物常理很难解释的。十三洋行在幽兰门的西面，建筑结构就和西洋画里画的一样。对面渡口名叫花地，花木非常繁茂，是广州的卖花集市。我自以为无花不识，到这里却只认得十分之六七，询问那些花草的名称，有些连《群芳谱》里也没有记载，或许是当地土话读音不同的缘故？海幢寺规模极为宏大。山门内种植的榕树，粗得要十多人才能围抱，浓荫如盖，树叶到秋冬也不枯萎。寺内的柱子、门槛、窗户、栏杆都由铁梨木打造。院内还有菩提树，树叶很像柿树叶，浸水去皮后，叶肉筋络细腻如蝉翼纱一般，可装裱成小册子抄写佛经。

归途访喜儿于花艇，适翠、喜二妓俱无客。茶罢欲行，挽留再三。余所属意在寮，而其媳大姑已有酒客在上。因谓邵鹳儿曰："若可同往寓中，则不妨一叙。"邵曰："可。"秀峰先归，嘱从者整理酒肴。余携翠喜至寓。正谈笑间，适郡署王懋老不期而来，挽之同饮。酒将沾唇，忽闻楼下人声嘈杂，似有上楼之势。盖房东一佗素无赖，知余招妓，故引人图诈耳。秀峰怨曰："此皆三白一时高兴，不合我亦从之。"余曰："事已至此，应速思退兵之计，非斗口时也。"懋老曰："我当先下说之。"余念唤仆速雇两轿，先脱两妓，再图出城之策。闻懋老说之不退，亦不上楼。两轿已备，余仆手足颇捷，令其向前开路。秀挽翠姑继之，余挽喜儿于后，一哄而下。秀峰、翠姑得仆力，已出门去。喜儿为横手所拿。余急起腿中其臂，手一松而喜儿脱去，余亦乘势脱身出。余仆犹守于门，以防追抢。急问之曰："见喜儿否？"仆曰："翠姑已乘轿去。喜娘但见其出，未见其乘轿也。"余急燃炬，见空轿犹在路旁。急追至靖海门，见秀峰侍翠轿而立。又问之，对曰："或应投东，而反奔西矣。"急反身过寓十余家，闻暗处有唤余者，烛之，喜儿也。遂纳之轿，肩而行。秀峰亦奔至，曰："幽兰门有水窦可出[1]，已托人贿之启钥。翠姑去矣，喜儿速往！"余曰："君速回寓退兵，翠喜交我。"至水窦边，果已启钥，翠先在。余遂左掖喜，右挽翠，折腰鹤步，跟跄出窦。

【注释】
　　[1] 水窦（dòu）：水道。

【译文】

　　回去的途中去花艇探访喜儿，正巧翠姑、喜儿都没有客人。饮茶后我们准备离开，她们再三挽留。我所中意的还是寮房，但邵寡妇的媳妇大姑已在上面接待酒客，于是我对老鸨邵寡妇说："若她俩能随我们同往寓所，就不妨一叙。"邵寡妇说："可以。"于是秀峰先回，叮嘱仆人准备酒席菜肴。我则带着翠姑、喜儿回到寓所。正谈笑风生的时候，恰逢郡署的王懋老不期而至，就留他一同喝酒。刚端起酒杯将入唇边时，忽听楼下人声嘈杂，好像还有要上楼的架势。原来房东有个侄子素来无赖，得知我们招妓，便故意带人来图谋敲诈。秀峰埋怨道："这都是三白一时高兴，我真不该听你的。"我说："事已至此，得赶紧想退兵之计，可不是斗嘴的时候啊。"懋老说："那我先下去劝劝他们。"我立刻唤来仆人，迅速雇两顶小轿，先让两妓脱身，再考虑出城之计。耳听楼下王懋老劝不退他们，也不见上楼。此时两顶小轿已准备停当，我仆人手脚很敏捷，便让他在前面开路，秀峰挽着翠姑跟着，我挽着喜儿在后，一哄而下。秀峰、翠姑在仆人的助力下，已出门而去。喜儿却被人横里伸手抓住，我急忙飞起一脚，踢中那人手臂，那人手一松，喜儿得以逃脱，我也乘势脱身而出。我仆人仍守在门口，以防有人追抢。我焦急地问仆人："看见喜儿了吗?"仆人答："翠姑已经乘轿离去。喜娘只见她出来，没见她乘轿啊。"我急忙点燃火把，只见空轿还在路旁。我赶紧追到靖海门，见秀峰侍立在翠姑乘坐的轿子旁，又问他，秀峰答："或许应该往东走，而她反而奔西边去了。"我急忙返身去找，大约走过十几家寓所，听到暗处有人在叫我，拿火把一照，果然是喜儿啊!于是拉她进轿，抬起就走。秀峰此时也奔了过来，说："幽兰门有水道可以出城，我已托人打点让守门人开锁。翠姑已经去了，喜儿也赶快去!"我说："你快回寓所将那些人打发走，翠姑、喜儿就交给我了!"赶到水道边，门锁果然已经开启，翠姑也等在那里了。我便左拥着喜儿，右挽着翠姑，弯腰迈着鹤步，踉踉跄跄出了水道。

　　天适微雨，路滑如油。至河干沙面，笙歌正盛。小艇有识翠姑者，招呼登舟。始见喜儿首如飞蓬，钗环俱无有。余曰："被抢去耶？"喜儿笑曰："闻此皆赤金，阿母物也。妾于下楼时已除去，藏于囊中。若被抢去，累君赔偿耶。"余闻言，心甚德之；令其重整钗环，勿告阿母，托言寓所人杂，故仍归舟耳。翠姑如言告母，并曰："酒菜已饱，备粥可也。"时寮上酒客已去，邵鸨儿命翠亦陪余登寮。见两对绣鞋泥污已透。三人共粥，聊以充饥。剪烛絮谈，始悉翠籍湖南；喜亦豫产，本姓欧阳，父亡母醮，为恶叔所卖。翠姑告以迎新送旧之苦：心不欢必强笑，酒不胜必强饮，身不快必强陪，喉不爽必强歌；更有乖张其性者，稍不合意，即掷酒翻案大声辱骂，假母不察，反言接待不周；又有恶客彻夜蹂躏，不堪其扰。喜儿年轻初到，母犹惜之。不觉泪随言落。喜儿亦默然涕泣。余乃挽喜入怀，抚慰之。嘱翠姑卧于外榻，盖因秀峰交也。

【译文】

　　当时天正好下着小雨，路面湿滑得像泼了油一样。赶到沙面河岸，笙歌燕舞正是热闹。小艇上有认识翠姑的，便招呼我们上船。这时才发现喜儿的头发乱如蓬草，发钗耳环也全没了。我问："是被抢走了吗？"喜儿笑答："据说这些全是赤金打造，是鸨母的东西，我在下楼时就取下藏在衣袋中了。若被抢去，会连累您赔偿的啊。"我听了这话，心里十分感动，让她重整钗环鬓发，并叮嘱她不要告诉鸨母，只借口说寓所人多杂乱，所以仍旧回船上来了。翠姑按我说的告诉了鸨母，并说："我们酒菜已饱，备些粥来就可以了。"这时船楼寮房内酒客已离去，邵鸨儿让翠姑也陪我一起登上寮房。只见她俩的两对绣花鞋已被污泥浸透了。我们三人一起吃粥，聊以充饥。就着烛光闲谈，这才知道翠姑祖籍湖南，喜儿也出生在河南，本姓欧阳，父亲去世，母亲改嫁，被恶叔叔卖到妓院。翠姑告诉我当妓女迎新送旧的苦楚：心里不高兴也必须强颜欢笑，酒力不胜也必须勉强饮酒，身子不适也必须勉强陪客，喉咙不爽也必须勉强唱歌；更有性情乖张的客人，稍不合意，便扔酒杯、掀桌子、高声辱骂，鸨母不体察实情，反而责怪她们接待不周；又有些恶劣的客人彻夜蹂躏她们，实在不能忍受那样的骚扰。喜儿年轻刚来，鸨母还算怜惜她。翠姑说着，不觉泪水就随之落下。喜儿也默默地啜泣。于是我把喜儿揽入怀里，好生抚慰她。嘱咐翠姑睡在外间的床榻上，因她是秀峰的相好啊。

自此或十日或五日，必遣人来招。喜或自放小艇，亲至河干迎接。余每去，必偕秀峰，不邀他客，不另放艇。一夕之欢，番银四圆而已。秀峰今翠明红，俗谓之"跳槽"，甚至一招两妓。余则惟喜儿一人。偶独往，或小酌于平台，或清谈于寮内，不令唱歌，不强多饮，温存体恤，一艇怡然。邻妓皆羡之。有空闲无客者，知余在寮，必来相访。合帮之妓，无一不识。每上其艇，呼余声不绝。余亦左顾右盼，应接不暇，此虽挥霍万金所不能致者。

【译文】

从此以后，或隔十天或五日，喜儿都会派人来邀请我。有时还自己乘着小艇，亲自到河岸迎接我。我每次去，必定邀上秀峰一起，不请其他客人，也不去别的花艇。一夜之欢，只需番银四圆而已。秀峰今日招翠姑，明日选红姑，俗称为"跳槽"，甚至一次招两个妓女；我则只有喜儿一人。偶尔我独自前往，与她或是在平台小酌，或是在寮房清淡，不让她唱歌，不强迫她多喝，对她温柔体贴，小艇里一片愉悦欢欣，邻船上的妓女都很羡慕她。

有空闲没客人的妓女，只要知道我在寮房，必然会来拜访我。全扬州帮的妓女，没有一个不认识我的。每当我登上她们的花艇，招呼我的声音就不绝于耳，我也左顾右盼，应接不暇，这是即使挥霍万两黄金也得不到的啊。

　　余四月在彼处，共费百馀金，得尝荔枝鲜果，亦生平快事。后鸨儿欲索五百金，强余纳喜。余患其扰，遂图归计。秀峰迷恋于此，因劝其购一妾，仍由原路返吴。明年，秀峰再往，吾父不准偕游，遂就青浦杨明府之聘。及秀峰归，述及喜儿因余不往，几寻短见。噫！"半年一觉扬帮梦，赢得花船薄幸名"矣[1]！

【注释】

　　[1]"半年"两句：化用唐杜牧《遣怀》诗："落魄江湖载酒行，楚腰纤细掌中轻。十年一觉扬州梦，赢得青楼薄幸名。"

【译文】

　　我在那里待了四个月，共花费了一百多两银子，得以品尝到荔枝鲜果，也是生平快事。后来老鸨儿想强迫我用五百两银子纳喜儿为妾，我受不了她的骚扰，就计划返家。秀峰迷恋于此，我就劝他买下一名小妾，我们仍由原路返回家乡吴地。第二年，秀峰再次前往，我父亲不准我同行，于是我就接受了青浦杨明府的聘请。等到秀峰归来，说到喜儿因为我这次没有去，差一点寻了短见。噫！这真是"半年一觉扬帮梦，赢得花船薄幸名"啊！

　　余自粤东归来，馆青浦两载，无快游可述。未几，芸、憨相遇，物议沸腾。芸以愤激致病。余与程墨安设一书画铺于家门之侧，聊佐汤药之需。中秋后二日，有吴云客偕毛忆香、王星烂邀余游西山小静室。余适腕底无闲，嘱其先往。吴曰："子能出城，明午当在山前水踏桥之来鹤庵相候。"余诺之。越日，留程守铺。余独步出阊门，至山前，过水踏桥，循田塍而西①，见一庵南向，门带清流。剥啄问之。应曰："客何来？"余告之。笑曰："此得云也。客不见匾额乎？来鹤已过矣！"余曰："自桥至此，未见有庵。"其人回指曰："客不见土墙中森森多竹者，即是也。"余乃返，至墙下，小门深闭。门隙窥之，短篱曲径，绿竹猗猗②，寂不闻人语声。叩之，亦无应者。一人过，曰："墙穴有石，敲门具也。"余试连击，果有小沙弥出应。余即循径入，过小石桥，向西一折，始见山门，悬黑漆额粉书"来鹤"二字，后有长跋，不暇细观。入门经韦驮殿③，上下光洁，纤尘不染，知为小静室。忽见左廊又一小沙弥奉壶出。余大声呼问。即闻室内星烂笑曰："何如？我谓三白决不失信也。"旋见云客出迎，曰："候君早膳，何来之迟？"一僧继其后，向余稽首，问知为竹逸和尚。入其室，仅小屋三椽，额曰"桂轩"。庭中双桂盛开。星烂、忆香群起嚷曰："来迟罚三杯！"席上，荤素精洁，酒则黄白俱备。余问曰："公等游几处矣？"云客曰："昨来已晚，今晨仅到得云、河亭耳。"欢饮良久。饭毕，仍自得云、河亭共游八九处，至华山而止，各有佳处，不能尽述。华山之顶有莲花峰，以时欲暮，期以后游。桂花之盛，至此为最。就花下饮，清茗一瓯，即乘山舆，径回来鹤。

【注释】

① 田塍(chéng)：田埂。
② 猗猗：美盛的样子。
③ 韦驮：佛教守护神之一，亦称韦天将军，韦驮是梵文音译。

【译文】

我从粤东回来后，在青浦做了两年幕僚，没有畅游之事可记述。不久，芸与憨园相遇，引起众人沸沸扬扬的非议。芸也因为激愤郁积，导致旧病发作。我与程墨安在家门旁开了一间书画铺子，勉强支付芸的汤药费用。中秋后两日，吴云客带着毛忆香、王星烂来邀我同游西山小静室。我恰好手头有事没空，就让他们先去。吴云客说："你要是能出城前来，明天中午我们会在山前水踏桥边的来鹤庵等你。"我答应了。第二天，留下程墨安看守书画铺。我独自步行出阊门，到山前，过水踏桥，沿着田埂小路向西走，见有一座门朝南开的庵，门前清流环绕。我敲门询问，有人开门问道："客人为何而来？"我说了缘由。对方笑道："这里是'得云'啊，客人没见匾额上写着吗？'来鹤'已经过了！"我说："我从水踏桥走到这里，没看到有庵啊。"那人指着我刚才来的路道："客人没见那土墙中竹子茂密的地方吗，那里就是啊。"于是我转身来到土墙下，有一扇小门紧闭着，从门缝往里探视，只见短篱曲径，绿竹繁茂，满园静寂，听不见人语声，敲门，也无人应答。有个人经过，说："墙洞里有石块，是敲门的工具啊。"我试着拿石块连连敲门，果然有小和尚应声而出。我就沿着小径往里走，过小石桥，向西一转弯，方见山门，高悬着黑漆匾额，粉漆书写着"来鹤"二字，后面有长跋，但我无暇细看。进入山门，经过韦驮殿，上下光洁，纤尘不染，猜知这就是小静室了。这时，忽见左廊下又有一个小和尚捧着茶壶出来。我大声呼问，随即听到室内星烂的笑声，说："怎么样？我就说三白决不会失信的吧!"随后就见云客出来相迎,说:"等你来用早点,为何来得这么迟啊?"一位僧人跟在他身后,向我行礼,问过方知是竹逸和尚。进入室内,见只有小屋三间,匾额上题有"桂轩"。庭院中两棵桂花树正盛开。星烂、忆香见到我一同嚷道:"来迟了,罚酒三杯!"席上,荤素菜肴精致洁净,酒则黄酒白酒都有。我问道:"诸位游览了几个地方了?"云客说:"昨天到时天色已晚,今天早晨只去了得云、河亭两处而已。"我们开怀畅饮了很久。饭后,仍从得云、河亭开始,共游了八九个地方,到华山为止,各有妙景佳处,不能一一尽述。华山之顶有莲花峰,因抵达时暮色即将降临,只能约定以后再游。桂花盛开,到这时是最佳时节。我们就在桂花树下饮一壶清茶,随即乘着山间小轿,径直回到来鹤庵。

桂轩之东,另有临洁小阁,已杯盘罗列。竹逸寡言静坐,而好客善饮。始则折桂催花,继则每人一令,二鼓始罢。余曰:"今夜月色甚佳,即此酣卧,未免有负清光。何处得高旷地,一玩月色,庶不虚此良夜也?"竹逸曰:"放鹤亭可登也。"云客曰:"星烂抱得琴来,未闻绝调,到彼一弹何如?"乃偕往,但见木犀香里,一路霜林,月下长空,万籁俱寂。星烂弹《梅花三弄》[1],飘飘欲仙。忆香亦兴发,袖出铁笛,呜呜而吹之。云客曰:"今夜石湖看月者[2],谁能如吾辈之乐哉?"盖吾苏八月十八日石湖行春桥下,有看串月胜会[3],游船排挤,彻夜笙歌,名虽看月,实则挟妓哄饮而已。未几,月落霜寒,兴阑归卧。

【注释】
①《梅花三弄》:古琴曲,又名《梅花引》、《梅花曲》、《玉妃引》,

描写傲霜雪的梅花。全曲主调出现三次，故称"三弄"。

②石湖：苏州名胜，在苏州盘门外西南十里。宋代范成大曾退居于此，小筑台榭，孝宗书"石湖"两字赐之，因自号石湖。

③串月胜会：苏州上方山东临石湖，湖中有行春桥（亦名宝带桥），桥有五十三洞，月光映水，正对环洞，一环一月，连络贯串。旧时民俗于农历八月十八日登山观月，称看串月。

【译文】

桂轩的东面，另有一间"临洁"小阁，杯盘酒菜已经摆列停当。竹逸和尚静坐少言，而好客善饮。酒席开始，先折桂花，玩击鼓传花的饮酒游戏，接着每人行一酒令，直到二更时分方才结束。我说："今夜月色真好，就这么睡下，未免辜负了这么清亮的月光。哪里有空旷的高地，一起欣赏月色，才算不虚度如此美好的夜晚呢？"竹逸说："放鹤亭可以登高啊。"云客说："星烂抱琴而来，还未曾聆听他的绝妙琴声呢，到那里弹奏一曲怎样？"于是我们一起前往，但见一路桂花香里，月染霜林，明月当空，万籁俱静。星烂弹一曲《梅花三弄》，令人飘飘欲仙。忆香也兴致勃发，从衣袖中取出铁笛，呜呜咽咽吹奏起来。云客说："今夜石湖赏月的人，有谁能像我辈这样快乐呢？"我们苏州八月十八日，在石湖行春桥下有看串月的盛会，游船排列拥挤，彻夜笙歌游乐，名义上虽为看月，实际上是带着妓女哄闹狂饮而已。不多久，月亮落下，霜寒露重，我们意兴阑珊，便返回安睡。

明晨，云客谓众曰："此地有无隐庵，极幽僻，君等有到过者否？"咸对曰："无论未到，并未尝闻也。"竹逸曰："无隐四面皆山，其地甚僻，僧不能久居。向年曾一至，已坍废①。自尺木彭居士重修后②，未尝往焉。今犹依稀识之。如欲往游，请为前导。"忆香曰："枵腹去耶？"竹逸笑曰："已备素面矣。再令道人携酒盒相从也。"面毕，步行而往。过高义园，云客欲往白云精舍。入门就坐，一僧徐步出，向云客拱手，曰："违教两月。城中有何新闻？抚军在辕否③?"忆香忽起，曰："秃！"拂袖径出。余与星烂忍笑随之。云客、竹逸酬答数语，亦辞出。高义园即范文正公墓④。白云精舍在其旁。一轩面壁，上悬藤萝，下凿一潭广丈许，一泓清碧，有金鳞游泳其中，名曰"钵盂泉"。竹炉茶灶，位置极幽。轩后于万绿丛中，可瞰范园之概，惜衲子俗，不堪久坐耳。是时由上沙村过鸡笼山，即余与鸿干登高处也。风物依然，鸿干已死，不胜今昔之感。

【注释】

① 坍(tān)废：倒塌荒废。

② 尺木彭居士：清代学者彭绍升（1740—1796），别号尺木居士，江苏吴县人。

③ 抚军：指巡抚。 辕：辕门，官署。

④ 范文正公：范仲淹（989—1052），北宋文学家、政治家，苏州吴县人，死后谥"文正"。

【译文】

第二天清晨，云客对大家说："此地有个无隐庵，极为幽雅僻静，你们有去过的吗？"大家都答说："别说没去过，听都没听说过啊。"竹逸说："无隐庵四面都是山，那个地方很偏僻，连僧人都不能久住。前些年我曾到过一次，庵已坍塌荒废了，但自从尺木彭居士重修以后，还一直没去看过呢，如今还依稀认得以前的路。如果大家想去游览，我愿意作为向导。"忆香说："就这样空着肚子去吗？"竹逸笑答："已让人备好素面了，再让道人带着酒食盒跟我们一起去。"吃完素面，便步行前往。经过高义园时，云客想去白云精舍。刚进白云精舍坐下，有一位僧人缓步出来，向云客拱手，道："久违两月，城中有何新闻？巡抚大人还在衙门吗？"忆香忽地起身，骂道："秃驴！"便拂袖径自而出。我和星烂忍住笑跟着出来，云客、竹逸和那僧人酬答了几句，也告辞出来。高义园就是范文正公的墓地，白云精舍在它旁边。只见一座轩房面对峭壁，上面悬满藤萝，下面凿有一水潭，宽一丈馀，一泓泉水，清澈澄碧，有金鱼游弋水中，名叫"钵盂泉"。旁边陈列着竹炉茶灶，位置极其幽僻。轩房后面，在万绿丛中，可以俯瞰范园的概貌，只可惜僧人俗不可耐，令人难有久坐细赏的兴致。这时由上沙村经过鸡笼山，就是当年我与顾鸿干登高的地方了。风物依然，鸿干却已经逝去，抚今思昔，令人感慨万千。

　　正惆怅间，忽流泉阻路不得进。有三五村童掘菌子于乱草中，探头而笑，似讶多人之至此者。询以无隐路。对曰："前途水大不可行。请返数武，南有小径，度岭可达。"从其言。度岭南行里许，渐觉竹树丛杂，四山环绕，径满绿茵，已无人迹。竹逸徘徊四顾，曰："似在斯而径不可辨，奈何？"余乃蹲身细瞩，于千竿竹中隐隐见乱石墙舍，径拨丛竹间，横穿入觅之，始得一门，曰"无隐禅院，某年月日南园老人彭某重修"。众喜，曰："非君则武陵源矣^①！"山门紧闭，敲良久，无应者。忽旁开一门，呀然有声，一鹑衣少年出^②，面有菜色，足无完履，问曰："客何为者？"竹逸稽首曰："慕此幽静，特来瞻仰。"少年曰："如此穷山，僧散无人接待，请觅他游。"言已，闭门欲进。云客急止之，许以启门放游，必当酬谢。少年笑曰："茶叶俱无，恐慢客耳，岂望酬耶？"

【注释】

①"非君"句：陶渊明《桃花源记》写渔人再次寻找桃花源而不得。武陵源，借指隐居之地。

②鹑(chún)衣：形容衣衫破残。

【译文】

　　正在惆怅的时候，忽遇山溪流泉挡住了去路不能前进。有三五个村童在乱草丛中挖掘菌菇，探出头偷笑，似乎惊讶这么多人来到这里。问他们去无隐庵的路，回答说："前面水很宽不能通行。请往回走九步，南面有条小径，翻过山岭就可抵达。"我们按照他们所说，翻过山岭向南走了一里多路，渐渐觉得竹树杂乱丛生，四周群山环绕，小径上长满绿茵，已无人迹。竹逸左右徘徊、四下张望，说："好像就在此地，可我认不得路了，怎么办啊？"我于是蹲下身子细细察看，终于在一大片竹林中隐隐见到了乱石墙舍，我直接拨开丛竹横穿过去，这才找到一扇门，上面题着"无隐禅院，某年月日南园老人彭某重修"。众人大喜，道："若不是你，这里就成了武陵源了！"山门紧闭着，敲了很久，也没人回应。忽然旁边有扇门"吱呀"一声开了，一个衣衫褴褛的少年走了出来，面色蜡黄，脚穿一双破烂的鞋子，问道："客人为何而来？"竹逸行了个稽首礼，道："仰慕此地幽静，特来瞻仰。"少年道："这么一个穷山僻壤的地方，僧人也都离开了，没有人接待你们，还请另找别处游玩吧。"说罢，关门就要进去。云客急忙阻止他，许诺如开门让我们进去游览，必当酬谢。少年笑道："我这里连茶叶都没有，只怕怠慢了客人，哪敢奢望酬谢啊！"

　　山门一启，即见佛面，金光与绿阴相映，庭阶石础苔积如绣。殿后台级如墙，石栏绕之。循台而西，有石形如馒头，高二丈许，细竹环其趾。再西折北，由斜廊蹑级而登。客堂三楹紧对大石。石下凿一小月池，清泉一派，荇藻交横。堂东即正殿。殿左西向为僧房厨灶。殿后临峭壁，树杂阴浓，仰不见天。星烂力疲，就池边小憩。余从之。将启盒小酌，忽闻忆香音在树杪，呼曰："三白速来！此间有妙境。"仰而视之，不见其人，因与星烂循声觅之。由东厢出一小门，折北，有石磴如梯约数十级，于竹坞中瞥见一楼。又梯而上，八窗洞然，额曰"飞云阁"。四山抱列如城，缺西南一角，遥见一水浸天，风帆隐隐，即太湖也。倚窗俯视，风动竹梢如翻麦浪。忆香曰："何如？"余曰："此妙境也。"

【译文】

　　山门一开，就看见了佛像，金光与绿阴互相辉映，庭院的台阶和基石上，长满了锦绣般的青苔。大殿后面的台阶高得像墙，有石栏杆环绕着。沿着台阶向西，有一块形状似馒头的巨石，高二丈多，底部有细竹环绕。再由西转向北，由斜廊踩着台阶而上，有客堂的三根楹柱紧对着巨石。石下凿有一方小月池，清泉一流，水面上交错漂浮着荇菜与水藻。客堂东面就是正殿，殿左的西面是僧人的卧房和厨灶。殿后紧临着峭壁，树木丛杂，绿荫浓蔽，抬头不见天空。星烂这时已精疲力竭了，就在池边小憩，我也跟着休息。正要打开酒食盒小酌时，忽然听到忆香的声音从树梢顶上传来，呼喊着："三白速来！这里有绝妙佳境！"我抬头往上看，却不见他人影，于是与星烂顺着声音找去。从东厢出一小门，转向北，登上几十级像梯子一样的石阶，终于在竹坞中瞥见一座楼阁。再登阶梯向上，见楼上八窗敞开，匾额上题"飞云阁"三字。站在窗前四面眺望，但见群山环抱犹如城墙，却独缺西南一角，从这一角远望，遥见一片水面浸连天际，风帆隐隐绰绰，那正是太湖啊。我倚窗俯视，山风吹动竹梢，犹如麦浪翻滚。忆香说："怎么样？"我感叹道："这里果然是绝妙佳境啊！"

忽又闻云客于楼西呼曰："忆香速来！此地更有妙境。"因又下楼，折而西，十馀级，忽豁然开朗，平坦如台。度其地，已在殿后峭壁之上，残砖缺础尚存，盖亦昔日之殿基也。周望环山，较阁更畅。忆香对太湖长啸一声，则群山齐应。乃席地开樽，忽愁枵腹。少年欲烹焦饭代茶①，随令改茶为粥。邀与同啖，询其何以冷落至此？曰："四无居邻，夜多暴客。积粮时来强窃，即植蔬果亦半为樵子所有。此为崇宁寺下院②，长厨中月送饭干一石，盐菜一坛而已。某为彭姓裔，暂居看守，行将归去，不久当无人迹矣。"云客谢以番银一圆。返至来鹤，买舟而归。余绘《无隐图》一幅，以赠竹逸，志快游也。

【注释】
　　① 焦饭：指锅巴。
　　② 崇宁寺：古寺名。位于古太湖下游阳澄湖东岸。

【译文】
　　忽又听到云客在小楼西面大喊："忆香快来，此处更有妙境！"于是我们又下楼，转向西，登上十馀级台阶，突然间豁然开朗，地势平坦如台。估测这里的位置，已在殿后峭壁之上，残缺的砖基尚存，大概也是昔日哪座大殿的殿基吧。四面眺望群山环绕，竟比在飞云阁更为畅快。忆香对着太湖的方向长啸一声，顿时群山一齐响应。于是我们席地围坐，开樽饮酒，忽又为饥肠辘辘没有吃食而发愁。那少年正准备煮些锅巴代替茶水招待我们，便让他改茶为粥，并邀他同食。问他无隐庵为何冷落到这般地步，少年答道："此处太偏僻，四周没有邻居，夜晚多有强盗，庵里囤粮时就会来强行抢夺，即便种点蔬菜瓜果，也多半被樵夫摘走。

这里是崇宁寺附属的寺院，厨子每到月中也只送来饭干一石，咸菜一坛而已。因我是彭姓后人，暂时在这里看守，很快也要回去了，不久这里就没有人烟了吧。"离开时，云客以番银一圆作为酬谢。回到来鹤庵，我们雇了船回城。我画了一幅《无隐图》，送给竹逸和尚，作为这次快意游玩的纪念。

　　是年冬，余为友人作中保所累，家庭失欢，寄居锡山华氏。明年春将之维扬，而短于资。有故人韩春泉在上洋幕府①，因往访焉。衣敝履穿，不堪入署，投札约晤于郡庙园亭中。及出见，知余愁苦，慨助十金。园为洋商捐施而成，极为阔大，惜点缀各景杂乱无章，后叠山石亦无起伏照应。归途忽思虞山之胜②，适有便舟附之。时当春仲，桃李争妍，逆旅行踪，苦无伴侣。乃怀青铜三百，信步至虞山书院。墙外仰瞩，见丛树交花，娇红稚绿，傍水依山，极饶幽趣，惜不得其门而入。问途以往，遇设篷瀹茗者③，就之。烹碧萝春，饮之极佳。询虞山何处最胜？一游者曰："从此出西关，近剑门，亦虞山最佳处也。君欲往，请为前导。"余欣然从之。出西门，循山脚，高低约数里，渐见山峰屹立，石作横纹。至则一山中分，两壁凹凸，高数十仞。近而仰视，势将倾堕。其人曰："相传上有洞府④，多仙景，惜无径可登。"余兴发，挽袖卷衣，猿攀而上，直造其巅。所谓洞府者，深仅丈许，上有石罅，洞然见天。俯首下视，腿软欲堕。乃以腹面壁，依藤附蔓而下。其人叹曰："壮哉！游兴之豪，未见有如君者。"余口渴思饮，邀其人就野店沽饮三杯。阳乌将落，未得遍游，拾赭石十馀块怀之归寓。负笈搭夜航至苏，仍返锡山。此余愁苦中之快游也。

【注释】

① 上洋：上海。

② 虞山：在江苏常熟西北，山形如卧牛，相传西周虞仲葬此，故名。

③ 瀹（yuè）茗：煮茶。

④ 洞府：指神仙所居之地。

【译文】

这年冬天，我因替友人借贷作担保受到连累，以致失去父母的欢心，我和芸便寄居于锡山华夫人家。第二年春天，我准备到扬州谋生但缺少资金。有位故交韩春泉在上洋幕府任幕僚，因而前往拜访他。我衣衫褴褛鞋底绽开，不便进入官署，就投了封信约他在城隍庙园亭中相见。等他出来见面后，知道我的难处，慷慨地资助了我十两银子。园亭为洋商捐款修建而成，极为阔大，可惜点缀的各个景点杂乱无章，园后垒叠的假山石，也没能与景点起伏呼应。归途中忽然想去虞山胜景一游，恰巧有便船可以搭乘前去。此时正是仲春时节，沿途桃李争妍，只是旅居在外，苦无伴侣。于是就怀揣三百文钱，信步来到虞山书院。站在墙外仰头看去，只见院内绿树鲜花交相辉映，娇红嫩绿，傍水依山，极富幽雅情趣，可惜找不到进入书院的门。问路人怎么前往，遇到一个设篷卖茶的，便坐下，让卖茶人烹一杯碧萝春来喝，细细品啜，味道极佳。问起虞山风景哪里最妙，一游人道："从这里出西关，靠近剑门的地方，也就是虞山风景最佳之地了。您若想去，请让我为您作向导。"我愉快地接受了。出西门，沿着山脚，高低曲折地走了约几里路，渐渐看到山峰屹立，岩石都作横向纹路。到了山前，只见一山从中间一分为二，两边峭壁凹凸不平，高数十仞。走近前仰头而视，只觉山石似乎要坠落下来。那陪同的游人道："相传上面还有神仙洞府，仙景不少，可惜没有路可以攀登上去。"我游兴大发，挽起衣袖卷起衣襟，像猿猴一样攀援而上，直达山顶。看到所谓的洞府，深不过一丈多，顶端有石缝，可以洞见天空。低头往下看，不禁双腿发软，差点掉了下去。于是我将肚腹紧贴石壁，依附着藤蔓下到地面。那人惊叹道："真有胆量啊！我还从没见过游兴像您这样豪迈的人。"这时我口渴想饮酒，就邀他到山中小店买酒，我们对饮了三杯。太阳将落，眼看未能游遍山中景致，便一路捡拾了十多块赭石，揣在怀里带回住所。又背上行李搭乘夜航船到达苏州，仍然返回锡山华家。这也是我愁苦生活中的快意之游啊。

　　嘉庆甲子春①，痛遭先君之变，行将弃家远遁，友人夏揖山挽留其家。秋八月，邀余同往东海永泰沙勘收花息②，沙隶崇明③。出刘河口，航海百馀里。新涨初辟，尚无街市，茫茫芦荻，绝少人烟。仅有同业丁氏仓房数十椽，四面掘沟河，筑堤栽柳绕于外。丁字实初，家于崇，为一沙之首户，司会计者姓王，俱豪爽好客，不拘礼节，与余乍见，即同故交。宰猪为饷，倾瓮为饮。令则拇战，不知诗文；歌则号呶，不讲音律。酒酣，挥工人舞拳相扑为戏。蓄牝牛百馀头，皆露宿堤上。养鹅为号，以防海贼。日则驱鹰犬猎于芦丛沙渚间，所获多飞禽。余亦从之驰逐，倦则卧。引至园田成熟处，每一字号圈筑高堤，以防潮汛。堤中通有水窦，用闸启闭。旱则涨潮时启闸灌之，潦则落潮时开闸泄之。佃人皆散处如列星，一呼俱集，称业户曰"产主"，唯唯听命，朴诚可爱；而激之非义，则野横过于狼虎，幸一言公平率然拜服。风雨晦明，恍同太古。卧床外瞩即睹洪涛，枕畔潮声如鸣金鼓。一夜，忽见数十里外有红灯大如栲栳④，浮于海中，又见红光烛天，势同失火。实初曰：“此处起现神灯神火，不久又将涨出沙田矣。”揖山兴致素豪，至此益放。余更肆无忌惮，牛背狂歌，沙头醉舞，随其兴之所至，真生平无拘之快游也！事竣，十月始归。

【注释】

　① 甲子：嘉庆九年(1804)。
　② 花息：利息。
　③ 崇明：在今上海北部、长江口崇明岛上，清代属江苏太仓。
　④ 栲栳：用竹篾编成的盛器。

【译文】

　　嘉庆九年春，我痛遭父亲去世、亲人失和的变故，正准备离家远遁深山，友人夏揖山挽留我居住他家。秋八月，又邀请我同去东海永泰沙查收花红利息，永泰沙隶属崇明。出刘河口，航海百馀里方能抵达。这是块随着涨潮新开辟的地方，还没形成街市，茫茫芦荻滩涂，人烟更是稀少，只有夏揖山的同业丁氏的几十间仓库房屋，四面开挖了沟渠河道，筑堤种柳，绿荫环绕。丁氏字实初，家在崇明，是永泰沙的头号大户，任会计的姓王，全都豪爽好客，不拘礼节，与我初次相见，就如同故交。他们特意杀猪款待，拿大酒坛子倒酒。行酒令只会划拳，不懂吟诗作文；唱歌则大声号叫，不讲究音律。酒酣耳热时，就指挥工人舞拳相扑为乐。蓄养了一百多头公牛，都露宿在堤岸上。还养了鹅，因鹅发现异常会鸣叫，可防海盗。白天他们则驱赶鹰犬，在芦苇丛和沙渚滩涂间捕猎，捕获的多为鸟类。我也跟随他们奔跑逐猎，疲倦了就在沙滩上躺下。他们又领我到园圃田地比较成熟的地方，每一块地都编有次序，圈筑起高高的堤坝，以防涨潮时被大水冲毁。堤坝中有水洞相通，用闸门控制开关，旱季在涨潮时开闸灌溉，水涝则在落潮时开闸排泄。佃农星星点点散列在四处田间忙活，一声呼喊就立即聚拢，称业主丁实初为"产主"，对他唯命是从，朴实可爱；但要是有违背道义的事激怒了他们，会比虎狼还粗野蛮横，所幸只要一句公道话，就全然拜服。在这里刮风下雨昼夜轮转的日子，恍惚中好似置身于太古时代。躺在床上往外看，就能看到远处的滚滚波涛，枕边潮水起落的声音，又如同金鼓齐鸣。一天晚上，忽然看见数十里外的海面上，漂浮着大如竹筐的红灯，又见周围红光映天，仿佛失火了一般。实初道："这里出现了神灯神火，说明不久又要涨出新的沙田了。"揖山兴致素来豪迈，来到这里更是纵情狂放。我也愈加肆无忌惮，骑在牛背上狂歌，在沙滩上醉舞，任随兴之所至纵情游乐，真是平生无拘无束的快意之游啊！事情办完，我们十月才返回苏州。

吾苏虎丘之胜，余取后山之千顷云一处，次则剑池而已，馀皆半借人工，且为脂粉所污，已失山林本相。即新起之白公祠①、塔影桥，不过留名雅耳。其冶坊滨，余戏改为野芳滨，更不过脂乡粉队，徒形其妖冶而已。其在城中最著名之狮子林，虽曰云林手笔，且石质玲珑，中多古木；然以大势观之，竟同乱堆煤渣，积以苔藓，穿以蚁穴，全无山林气势。以余管窥所及，不知其妙。灵岩山为吴王馆娃宫故址②，上有西施洞、响屧廊、采香径诸胜③，而其势散漫，旷无收束，不及天平、支硎之别饶幽趣④。邓尉山一名玄墓⑤，西背太湖，东对锦峰，丹崖翠阁，望如图画。居人种梅为业，花开数十里，一望如积雪，故名"香雪海"。山之左有古柏四树，名之曰"清"、"奇"、"古"、"怪"。清者一株挺直，茂如翠盖；奇者卧地三曲，形同之字；古者秃顶扁阔，半朽如掌；怪者体似旋螺，枝干皆然，相传汉以前物也。乙丑孟春⑥，揖山尊人莼芗先生偕其弟介石率子侄四人，往嶀山家祠春祭，兼扫祖墓，招余同往。顺道先至灵岩山，出虎山桥，由费家河进香雪海观梅。嶀山祠字即藏于香雪海中。时花正盛，咳吐俱香。余曾为介石画《嶀山风木图》十二册。

【注释】

① 白公祠：白居易曾任苏州刺史，后人建祠祀之。

② 馆娃宫：相传春秋时越王献西施，吴王夫差特在苏州灵岩山上为之建馆娃宫。

③ 响屧（xiè）廊：在吴王宫中，因穿木屧过廊有声而名。

④ 天平：即天平山，在灵岩山北，以枫、泉、石并称三绝。　支硎：山名，在苏州西。

⑤ 邓尉山：在苏州西南，因东汉邓尉曾隐居此山，故名。

⑥ 乙丑：嘉庆十年（1805）。

【译文】

　　我家乡苏州虎丘的胜景，我首选后山的千顷云这一处，其次则是剑池，其馀都是部分借助于人工，而且被脂粉气玷污，已失去了山林的本来面目。即便是新建的白公祠、塔影桥，也不过是空留雅名罢了。那冶坊滨，我戏改为"野芳滨"，更不过是庸脂俗粉，徒有妖冶的表象而已。那在城中最著名的狮子林，虽称是倪云林的手笔，且石质玲珑精美，园中多有古木，然而从大的格局来看，竟如同胡乱堆砌的煤渣，积聚些苔藓，凿穿些洞穴，全然没有山林的气势。恕我见识浅薄，不知它究竟妙在何处。灵岩山是吴王馆娃宫的故址，上面有西施洞、响屧廊、采香径等胜景，然而它气势散漫，荒废无人打理，不及天平支硎山那样别富幽趣。邓尉山一名玄墓，西面背靠太湖，东面对着锦峰，红崖绿阁，一眼望去犹如图画。居住此地的人以种植梅花为生，花开之时，方圆数十里，一眼望去如皑皑白雪，所以又叫"香雪海"。山的左边有古柏四株，分别取名为"清"、"奇"、"古"、"怪"：名为"清"的那株，树干挺拔笔直，树叶繁茂如翠盖；名为"奇"的那株，树干倒卧地上转三个弯，形状像"之"字；名为"古"的那株，树顶已无枝叶，形状宽阔扁平，已有一半枯朽，如手掌模样；名为"怪"的那株，树身扭曲如旋螺，枝干也是如此。相传它们都是汉代以前所种植的古树啊。嘉庆十年孟春，揖山父亲莼芗先生和他弟弟介石，带着子侄四人，前往幞山家祠春祭，同时拜扫祖墓，邀我一同前往。顺道先到灵岩山，出虎山桥，由费家河进入香雪海赏梅。幞山祠宇就隐藏在香雪海之中，当时梅花开得正盛，谈吐呼吸之间，都是香气。我后来还曾为介石画了《幞山风木图》十二册。

是年九月，余从石琢堂殿撰赴四川重庆府之任。溯长江而上，舟抵皖城①。皖山之麓②，有元季忠臣余公之墓③。墓侧有堂三楹，名曰"大观亭"。面临南湖，背倚潜山。亭在山脊，眺远颇畅。旁有深廊，北窗洞开。时值霜叶初红，烂如桃李。同游者为蒋寿朋、蔡子琴。南城外又有王氏园。其地长于东西，短于南北，盖北紧背城，南则临湖故也。既限于地，颇难位置，而观其结构作重台叠馆之法。重台者，屋上作月台为庭院，叠石栽花于上，使游人不知脚下有屋；盖上叠石者则下实，上庭院者则下虚，故花木仍得地气而生也。叠馆者，楼上作轩，轩上再作平台，上下盘折重叠四层，且有小池，水不漏泄，竟莫测其何虚何实。其立脚全用砖石为之，承重处仿照西洋立柱法。幸面对南湖，目无所阻，骋怀游览胜于平园，真人工之奇绝者也。

【注释】

　　① 皖城：在今安徽潜山北。

　　② 皖山：一名潜山，也称皖公山，在安徽潜山西北。

　　③ 余公：余阙（1303—1358），元庐州（今安徽合肥）人。至正十三年（1353）出守安庆，在与红巾军相拒数年后，于至正十八年城破身亡。

【译文】

　　这年九月，我跟随石琢堂状元赴四川重庆府就任。于长江逆流而上，船抵达皖城。皖山脚下，有元末忠臣余阙的墓地，墓的旁边有三间厅堂，名叫"大观亭"，面临南湖，背靠潜山。亭子在山脊上，放眼远眺，极为畅快。旁边有幽深的长廊，北面窗户大开，当时正是霜叶初红，绚烂如桃李的季节。同游的有蒋寿朋、蔡子琴。南城外还有座王氏园，它的地形为东西长，南北短，大概是因为北面紧靠着城墙，南面又濒临湖泊的缘故吧。园林既受限于地形，就很难布置，而我观察它的结构，是采用了重台叠馆的方法。所谓重台，是在屋顶上建月台作为庭院，在庭院里叠山石栽花，使游人不觉得脚下还有房屋；凡是在上面叠山石的地方下面就要填实，上面有庭院的地方下面就要留空，这样花木仍然接触地气，就能生长。所谓叠馆，是在楼上作轩室，轩室之上再作平台，上下盘曲，重重叠叠共有四层，而且还建有小池子，水不会漏泄，竟然不能探测它哪里为虚，哪里为实。园内立脚全部用砖石建造，承重之处仿照西洋立柱方法。幸好庭院面对南湖，视线所及，一无所挡，可以驰骋胸怀尽情游览，胜过平地上的园林，真是人工修建的奇绝景观啊。

　　武昌黄鹤楼在黄鹄矶上^①，后拖黄鹄山^②，俗呼为蛇山。楼有三层，画栋飞檐，倚城屹峙，面临汉江，与汉阳晴川阁相对③。余与琢堂冒雪登焉。仰视长空，琼花风舞，遥指银山玉树，恍如身在瑶台。江中往来小艇，纵横掀播，如浪卷残叶，名利之心至此一冷。壁间题咏甚多，不能记忆。但记楹对有云："何时黄鹤重来，且共倒金樽，浇洲渚千年芳草；但见白云飞去，更谁吹玉笛，落江城五月梅花。"黄州赤壁在府城汉川门外，屹立江滨，截然如壁，石皆绛色故名焉。《水经》谓之赤鼻山④。东坡游此作二赋，指为吴魏交兵处，则非也。壁下已成陆地。上有二赋亭。

【注释】

　　① 黄鹤楼：故址在湖北武昌蛇山黄鹄矶头。传说三国时人费文祎曾在此乘黄鹤登仙而去，后人建楼纪念。

　　② 黄鹄山：黄鹤山别称。

　　③ 晴川阁：在湖北汉阳龟山东麓禹功矶上，因唐人崔颢"晴川历历汉阳树"诗句得名。

　　④《水经》：我国第一部记述河道水系的专著，北魏郦道元为之作注，有《水经注》传世。

【译文】

　　武昌黄鹤楼在黄鹄矶上，后面横迤着黄鹄山，俗称为蛇山。楼有三层，栋梁彩绘，屋檐上翘，倚靠城池耸立，面临着汉江，与汉阳的晴川阁遥遥相对。我与琢堂曾冒雪登楼，仰观长空，只见大雪如琼花飞舞，遥指白雪覆盖的银山玉树，恍惚身在瑶台仙境一般。江中往来小艇，纵横颠簸，犹如浪卷残叶，对名利的追逐之心到此便冷淡了。墙上题词咏诗太多，不能一一记忆，只记得有副楹联写道："何时黄鹤重来，且共倒金樽，浇洲渚千年芳草；但见白云飞去，更谁吹玉笛，落江城五月梅花。"黄州赤壁在府城的汉川门外，屹立在江边，山岩截平如壁，岩石都是绛红色，因此得名。《水经》称它为赤鼻山。苏东坡游历到此,写下两篇《赤壁赋》,指此地为吴魏两国交兵之处,其实并不是啊。赤壁下方已成陆地,上面建有二赋亭。

  是年仲冬抵荆州①。琢堂得升潼关观察之信②,留余住荆州。余以未得见蜀中山水为怅。时琢堂入川,而哲嗣敦夫眷属③,及蔡子琴、席芝堂俱留于荆州,居刘氏废园④,余记其厅额曰"紫藤红树山房"。庭阶围以石栏,凿方池一亩,池中建一亭,有石桥通焉。亭后筑土垒石,杂树丛生。馀多旷地,楼阁俱倾颓矣。客中无事,或吟或啸,或出游,或聚谈。岁暮虽资斧不继,而上下雍雍,典衣沽酒,且置锣鼓敲之。每夜必酌,每酌必令。窘则四两烧刀,亦必大施觞政。遇同乡蔡姓者,蔡子琴与叙宗系,乃其族子也。倩其导游名胜,至府学前之曲江楼。昔张九龄为长史时⑤,赋诗其上。朱子亦有诗曰⑥:"相思欲回首,但上曲江楼⑦。"城上又有雄楚楼,五代时高氏所建⑧,规模雄峻,极目可数百里。绕城傍水,尽植垂杨,小舟荡桨往来,颇有画意。荆州府署即关壮缪帅府⑨,仪门内有青石断马槽,相传即赤兔马食槽也。访罗含宅于城西小湖上⑩,不遇;又访宋玉故宅于城北⑪。昔庾信遇侯景之乱⑫,遁归江陵,居宋玉故宅,继改为酒家;今则不可复识矣。是年大除,雪后极寒。献岁发春,无贺年之扰。日惟燃纸炮、放纸鸢、扎纸灯以为乐。既而风传化信,雨濯春尘。琢堂诸姬携其少女幼子顺川流而下。敦夫乃重整行装，合帮而走。由樊城登陆，直赴潼关。

【注释】

① 仲冬，冬季的第二个月，农历十一月。　荆州：今湖北江陵。

② 潼关：在陕西潼关县北，以潼水得名。为陕西、山西、河南三省要冲，历代皆为军事要地。

③ 哲嗣：旧时称别人之子为哲嗣，即"令嗣"之意。

④ 刘氏废园：汉末时，刘表曾为荆州牧，后荆州为刘备所据，此指其遗迹。

⑤ 张九龄（678—740）：唐玄宗时大臣、诗人。

⑥ 朱子：朱熹（1130—1200），南宋哲学家、教育家。

⑦ "相思"二句：语出朱熹《迎荆南幕府》诗。

⑧ 高氏：指五代南平王高季兴。

⑨ 关壮缪：关羽（？—220），字云长，三国蜀汉大将，曾镇荆州，壮缪为其谥号。

⑩ 罗含：晋耒阳（今属湖南）人，为州主簿，致仕还家后，在荆州城西小湖边立茅屋而居，阶前皆种兰。

⑪ 宋玉（？—前223）：辞赋家，战国楚人。

⑫ 侯景之乱：侯景（？—552），南朝梁人。公元548年举兵攻破建康，次年攻下台城（宫城），梁武帝愤恨而死。侯景废梁自立，国号汉，到处焚烧抢掠，最终被梁朝将领击败，逃亡时被部下杀死。史称"侯景之乱"。

【译文】

这年十一月冬天，我们抵达荆州。琢堂接到升任潼关观察使的信函，留下我暂住荆州，我因未能见到蜀中山水而深感惆怅。当时琢堂去了四川，而他儿子敦夫以及家眷，还有蔡子琴、席芝堂都留在了荆州，居住在刘氏废园，我记得园内厅堂的匾额上题着"紫藤红树山房"几个字。园庭台阶围着石栏，凿有一个一亩见方的水池，池中建有一亭，有石桥相通。亭子后面筑土垒石，杂树丛生。其馀多为空旷地，楼阁都已倾倒坍塌了。客居中无事，我们或吟咏或长啸，或出游或聚谈。年底时节，虽然资金短缺，然而上下和睦，典当衣服买酒，还置办锣鼓敲打作乐。每夜必饮酒，每饮酒必行酒令。生活窘困时就是买四两烧刀酒，也必定大行酒令助兴。在当地还遇到一位姓蔡的同乡，蔡子琴与他对了宗谱，竟然是他同族兄弟的子辈。于是请他做导游带我们游览名胜，来到府学前的曲江楼，昔日张九龄任长史时，曾经在楼上赋诗。朱熹也有诗句说道："相思欲回首，但上曲江楼。"城墙上又有雄楚楼，是五代时期高氏所建。规模雄伟峻拔，极目远眺可达数百里。环绕城墙与护城河，到处都种植着垂柳，驾一叶小舟荡桨往来，很有画意。荆州府署就是关羽当年的帅府，仪门内有青石断马槽，相传就是赤兔马的食槽啊。我曾去城西小湖边寻访罗含的宅第，但没有找到；又去城北寻访宋玉故宅。昔日庾信遭遇侯景之乱，曾逃归江陵，就住在宋玉故宅，只是后来已改为酒家，如今已不可再辨认了。这年除夕，雪后极寒。进入新年，迎来春天，因客居他乡，少了往来拜年的烦扰，每日里只是以燃纸炮、放纸鸢、扎纸灯为乐事。不久，春风传递花信，春雨洗濯尘埃。琢堂的几位姬妾带着年幼的子女们顺河而下，敦夫于是重整行装，我们一起出发。由樊城登陆上岸，直奔潼关。

由河南阌乡县西出函谷关①，有"紫气东来"四字，即老子乘青牛所过之地②。两山夹道，仅容二马并行。约十里即潼关，左背峭壁，右临黄河。关在山河之间扼喉而起，重楼叠垛极其雄峻，而车马寂然人烟亦稀。昌黎诗曰"日照潼关四扇开"③，殆亦言其冷落耶？城中观察之下，仅一别驾④。道署紧靠北城⑤，后有园圃，横长约三亩。东西凿两池，水从西南墙外而入，东流至两池间，支分三道：一向南，至大厨房，以供日用；一向东，入东池；一向北折西，由石螭口中喷入西池，绕至西北设闸泄泻，由城脚转北，穿窦而出，直下黄河。日夜环流，殊清人耳。竹树阴浓，仰不见天。西池中有亭，藕花绕左右。东有面南书室三间，庭有葡萄架，下设方石，可弈可饮。以外皆菊畦。西有面东轩屋三间，坐其中可听流水声。轩南有小门可通内室。轩北窗下另凿小池。池之北有小庙，祀花神。园正中筑三层楼一座，紧靠北城，高与城齐，俯视城外即黄河也。河之北，山如屏列，已属山西界，真洋洋大观也。余居园南，屋如舟式，庭有土山，上有小亭，登之可览园中之概。绿阴四合，夏无暑气。琢堂为余颜其斋曰"不系之舟"。此余幕游以来，第一好居室也。土山之间，艺菊数十种，惜未及含葩，而琢堂调山左廉访矣，眷属移寓潼川书院⑥，余亦随往院中居焉。

【注释】

　①阌(wén)乡县：在河南西部，今属灵宝。　函谷关：在灵宝南，形势险要，为重要关隘。

　②"有紫气"二句：传说老子出函谷关时，关令尹喜见有紫气从东而来，便知将有圣人过关，后老子果然骑着青牛前来，喜便请他写下了《道德经》。后人因以"紫气东来"喻指祥瑞。

　③"日照"句：语出韩愈《次潼关先寄张十二阁老使君》诗，但并非喻其冷落。

　④别驾：官名，州刺史的佐吏，亦称别驾从事史。

　⑤道署：道台官署。

　⑥潼川：今四川梓潼。

【译文】

　由河南阌乡县西出函谷关时，见有"紫气东来"四字，就是老子骑青牛经过的地方。两山夹道对峙，小道只容得两匹马并驾行走。再往前约行十里路就是潼关，左面背靠峭壁，右边濒临黄河。关口则在山与河之间，扼住咽喉要道拔地而起，重重楼堡，垒堆石垛，气势极其雄峻，然而关中车马寂寥，人烟稀少。韩愈有句诗"日照潼关四扇开"，大概也是说潼关的凄凉落寞吧！城中观察使手下只有一名别驾。道署紧靠北城，后面有片园圃，横长约三亩见方。东西两侧凿有两方水池，水从西南墙外引入，向东流到两池中间时，分成三道支流：一道向南，流入大厨房，供日常生活之用；一道向东，流入东池；一道向北再转向西，由石龙口中喷入西池，再绕到西北，设一水闸泄流，水由城墙脚转向北方流去，穿过水洞而出，直流入黄河。水流日夜环绕不息，特别清人耳目。院内竹树浓荫掩蔽，抬头不见天日。西池中建有亭子，荷花绕亭左右。东边有三间朝南的书房，庭院中有葡萄架，下设方形石桌，可以下棋也可以饮酒，其馀都是菊花园圃。西边有三间朝东的轩屋，坐在其中可聆听流水之声。轩屋南边有扇小门可通内室。轩屋北窗下另凿有小池，池的北面有小庙，专门供奉花神。园子正中筑有一座三层高的楼宇，紧靠北城墙，高度与城墙齐平，站在楼中俯视城外，就是黄河啊。黄河的北面，群山如屏障般排列，已属于山西地界，真是洋洋大观啊！我住在园子的南面，房屋的形状像一只小船，庭院中有土山，山上有小亭，登亭可俯瞰园中全貌，绿荫四合，夏无暑气。琢堂为我的居室题写匾额为"不系之舟"。这是我幕游以来最好的居室啊。土山之间，种有菊花数十种，可惜还没等到含苞开放，琢堂便又调任山东左廉访了。他的家眷移居到潼川书院，我也跟着去院中居住了。

　　琢堂先赴任，余与子琴、芝堂等无事，辄出游。乘骑至华阴庙①，过华封里，即尧时三祝处②。庙内多秦槐汉柏，大皆三四抱，有槐中抱柏而生者，柏中抱槐而生者。殿廷古碑甚多。内有陈希夷书福寿字③。华山之脚，有玉泉院，即希夷先生化形骨蜕处。有石洞如斗室，塑先生卧像于石床。其地水净沙明，草多绛色，泉流甚急，修竹绕之。洞外一方亭，额曰"无忧亭"。旁有古树三株，纹如裂炭，叶似槐而色深，不知其名，土人即呼曰"无忧树"。太华之高不知几千仞④，惜未能裹粮往登焉。归途见林柿正黄，就马上摘食之。土人呼止弗听，嚼之涩甚，急吐去。下骑觅泉漱口，始能言。土人大笑。盖柿须摘下，煮一沸始去其涩，余不知也。十月初，琢堂自山东专人来接眷属，遂出潼关，由河南入鲁。

【注释】

① 华阴：县名，在陕西东部，县南有西岳华山，为名胜之地。

② 尧时三祝：传说唐尧游于华州时，华地守封疆之人祝其长寿、富有和多男。后因用"华封三祝"、"尧时三祝"为祝颂之辞。

③ 陈希夷：陈抟（？—989），五代宋初道士，先后隐居武当山、华山，自号扶摇子。宋太宗赐号希夷先生。

④ 太华：即华山。 仞：古代计量单位，约合七至八尺。

【译文】

琢堂先去赴任，我与子琴、芝堂等闲来无事，就外出游玩。我们骑马到华阴庙，经过华封里，就是"尧时三祝"的地方。庙内有很多秦槐汉柏，主干粗壮都要三四人才能合抱，有古槐团抱柏树而生长的，也有古柏团抱槐树而生长的。殿廷中古碑很多，其中有陈希夷书写的"福""寿"二字。华山脚下有玉泉院，就是希夷先生化去形骸、蜕变俗骨、羽化成仙之处。院中有石洞如斗室，石床上塑有先生卧像。这里泉水清澈，沙石明净，水草多为绛红色，泉流很急，四面有修竹环绕。洞外有一方亭，匾额题"无忧亭"三字。旁边有三株古树，树干纹路像裂开的焦炭，树叶形状像槐叶但颜色更深，因不知古树的名字，当地人就称它为"无忧树"。太华山真高啊，都不知有几千仞，可惜未能携带干粮去攀登。归途中，遇见柿林中柿子正黄，我就在马上摘了一个吃，当地人喊叫阻止我却没听从，吃在嘴里才发现苦涩得很，急忙吐去，又下马寻找泉水漱口，方能开口说话，当地人大笑不止。原来柿子摘下后须在沸水中煮一过，才能去除苦涩，只是我不知道罢了。十月初，琢堂从山东派专人来接眷属，于是我们出潼关，由河南进入山东。

　　山东济南府城内，西有大明湖。其中有历下亭、水香亭诸胜。夏月柳阴浓处，菡萏香来，载酒泛舟，极有幽趣。余冬日往视，但见衰柳寒烟，一水茫茫而已。趵突泉为济南七十二泉之冠①。泉分三眼，从地底怒涌突起，势如腾沸。凡泉皆从上而下，此独从下而上，亦一奇也。池上有楼供吕祖像②。游者多于此品茶焉。明年二月，余就馆莱阳③。至丁卯秋④，琢堂降官翰林，余亦入都，所谓登州海市竟无从一见⑤。

【注释】
　　① 趵（bào）突泉：在山东济南西门桥南，是泺水的源头，泉水向上喷涌高数十厘米。
　　② 吕祖：吕洞宾，传说中的八仙之一。
　　③ 莱阳：在山东东部，以产梨著名。
　　④ 丁卯：清嘉庆十二年（1807）。
　　⑤ 登州海市：登州，州、府名，辖境在今山东蓬莱一带。此地可见渤海群岛倒映的海市蜃楼。

【译文】
　　山东济南府城内，西面有大明湖，湖中有历下亭、水香亭等名胜。夏月里，柳荫浓密处，荷花飘香，载酒泛舟于湖上，极有幽趣。我冬日前往游观时，只见寒烟笼罩着衰颓的残柳，一水茫茫而已。趵突泉为济南七十二泉之第一泉，泉水分作三个泉眼，从地底下急涌喷出，就像腾沸的水一样。凡泉水都是从上往下流，惟独此泉是从下往上喷出，也是一大奇观啊。池上有楼阁，供奉有吕祖像，游人多在这里品茶小憩。第二年二月，我在莱阳任幕僚。到嘉庆十二年秋天，琢堂降官为翰林，我也跟着去了都城北京，所谓登州的海市蜃楼，最终也没有机缘亲眼一见。

中国古代名著全本译注丛书